街角ファンタジア

Machikado Fantasia

Murayama Saki

村山早紀

実業之日本社

街角ファンタジア

装画　三上唯
装丁　岡本歌織（next door design）

目次

星降る街で

クリスマスイブの、その夕方。街の空の上には重たい雲がかかっていた。冷えるわりに、雪になるには気温が高いので、今年のサンタクロースは、雨に濡《ぬ》れながらの配達になるのかも知れない。

世界中の良い子のために空を駆ける優しい老人に束《つか》の間《ま》同情し、気の毒に、と肩をすくめて、淳《じゅん》は職場からの帰り道の石段を降りてゆく。勤め先の小さな英会話学校は古い洋館、その裏手の道は、繁華街に向けて続く、坂や石段を降りる古い道で、街灯も少なく薄暗い。この辺りは昔からの住宅街で、いまの時間はもうそれぞれの家で、楽しいクリスマスイブを過ごしているのだろうか、人通りもなく、しんとしていた。

いまにも降り出しそうな雲の下、吹きすぎる風は、ひやりと湿って冷たかった。土曜日で、それもクリスマスイブだというのに仕事を休めなかったことが、ここへ来てなんだか恨めしい。——いや別に、特に予定があったとか、そういうわけではないけれど。

本来は休日のはずだったのが、急な事務の仕事で、老いた校長に頼まれて、彼女とふたりで一働きした、その帰り道だった。

「いいですよ、その日は空いてますし」

数日前、白髪の柔和な校長に手を合わせて頼まれたとき、笑顔で答えた自分が悲しく思える。校長先生には長年世話になっていたし、何より尊敬もしていた。そもそも誰かに何かを頼まれることが嫌いな質《たち》ではなかった。

「まあ、引き受けたのは自分なんだけどさ」

通い慣れた道、いつも通りに軽やかに降りてゆくはずの石段で、今夜は——今夜ばかりは心に連動して足が重かったものか、ふいに滑った。「うわわわ」とみっともなく声を上げながら、下まで数段を落ちてしまった。

アスファルトの地面は意外と遠かった。

「——いてて」

痛みと衝撃で立ち上がれなかった。寄りかかるようにして、とりあえずは石段に腰をおろした。痛みとともに恥ずかしく、周りに誰もいなくて良かった、とまず思った。

両方のてのひらと片膝《かたひざ》、それに同じ側の足首を地面に打ち付け、擦りむいたようだった。擦れて汚れたズボンや靴下、手袋の下にじわじわと血が滲《にじ》んできているのがわかる。——でもまあこれなら軽い方だろう。捻挫も骨折もしていないようだ、と冷静に確認する。大丈夫、これならアパートの部屋まで歩いて帰れる。怪奇小説や映画のように、道に血痕を残しながらの悲惨なことになりそうだけど。帰ったら傷口を水で洗おう。絆創膏《ばんそうこう》あったかかな。

傷や怪我《けが》の手当てには慣れている。学生時代からもう何年も都会で暮らしているけれど、子どもの頃は野山できょうだいたちと元気に走り回って育った。世話焼きの長男だったので、よく転んで泣いているきょうだいの傷を洗って手当てしてやったものだ。

ひととおり傷を確認してほっとすると、顔や頭をぶつけなくて良かった、と思う余裕ができた。まだ心臓がばくばくしていたけれど、胸をなで下ろして、ため息をついた。

「——眼鏡の方がやばいな」

お気に入りの眼鏡がアスファルトに落ちて、フレームとレンズにひびが入っていた。

「まったく、今夜はなんて夜なんだ」

眼下には繁華街の灯《あか》り。クリスマスイブだからなのか、ひときわ美しく華やかに見える。

石段におろした腰が冷えて、背中に震えが来たけれど、まだ立ち上がる元気が出ずに、からだを丸くして夜景を見下ろしていた。

最初にこの夜景を見下ろしたときの感動をふと思いだした。学生時代、学内に掲示されていたアルバイト募集の張り紙がきっかけで、英会話学校の事務のバイトを始めた、その帰り道でのことだ。思いがけず見えた美しい景色に、まるで自分のための祝福の宝物を贈られたような気持ちになった。

歴史はあるものの、ほとんど私塾のように小さな英会話学校だったけれど、それ故か雰囲気と居心地が良くて、誘われるまま、就職もそこに決めた。その夜の帰り道も、晴れがましい気持ちで胸を張り、夜景を見下ろしながら帰ったものだ。

この街の夜景が好きで、春も夏も秋も冬も、今日までの日々、数え切れないほどに繰り返し見ていても飽きなかった。繁華街に近い通りに住んでいるので、これからあの光の中に帰っていくのだと思うと、心が弾んだものだ。

淳は人間やひとの街の賑《にぎ》わいが好きで、感激屋でもあったので、あの光のひとつひとつがひとの手が灯《とも》すものだと思うと、何だか胸が熱くなってしまって、その感動故に余計に夜景が美しく見えた。まるで地上に広がる無数の星の輝きみたいだ、と思ったのだ。

都会の空は淀《よど》んで暗く、故郷の、数え切れないほどの星々がさんざめく澄んだ夜空と違って、天の星はぽつぽつとしか見えない。けれど、代わりのように地上に光が灯るのだな、と思った。この街の繁華街の夜景、そして、遠く近くに見える、いろんな街の夜景。地平線まで広がる、たくさんの夜景の、地上の星座の連なりは、宇宙に広がる星雲のようだ、と思った。

ひとの夢や喜怒哀楽や、無数の祈りや願い事を灯した光が、ひとつひとつの星になって地上で輝くんだな、なんて考えてしまうと、涙もろい淳は鼻がぐすぐすとなったりもした。——自分の灯す光もあの輝きの中の小さな光のひとつになるのだ、と思うと、物語の主人公になったような、わくわくする気持ちになったりもして。

けれど、今夜はいつもと同じに灯る無数の光が色褪《いろあ》せて見えた。いままで長く幸せな夢を見て、心地よくまどろんでいたのに、急に目覚めたような、そんな味気ない気分になっていた。

失恋してしまった。

いや、失恋という言葉を使うにはまだ早い。憧れていたというか、気になっていたというか、そんな素敵なひととの結婚が決まったと、知ってしまったのだった。

相手の女性は淳の想いを知らない。気づいていないはずだ。いわば孵化《ふか》前の恋の卵を失ったようなもので、そこまで悲劇的ではないだろう、と客観的には思う。それくらいのこと、いままでに何度も経験があったはずなのに、世界そのものを失ったように寂しかった。それほどにあのひとのことが好きで、気になっていたのだな、と、自分で驚くほどだった。

英会話学校の講師に、とても華やかな雰囲気のひとがいた。花にたとえるなら芍薬《しゃくやく》のよう――立てば芍薬座れば牡丹《ぼたん》、というあの芍薬だ。祖父母が園芸が趣味で庭で育てていたので、その艶《あで》やかな美しさも香りも知っていた――美人なのに人懐っこくて冗談が好きでよく笑うひとで、そんな辺りも、芍薬の花の雰囲気に似ていたかも知れない。

英会話学校には、仕事帰りのひとをメインに、主婦や学生たち、子どもたちがそれぞれのクラスに通ってきていたのだけれど、そのみんなに人気があった。もちろん、彼女の英語力が相当なものだったから、でもある。

講師たちがいる部屋と、淳がいる総務の部屋は違うこともあって、彼女と会話する機会はほとんどなかった。それでも古く小さな学校の中でのこと、ささやかなやりとりもあれば廊下ですれ違うこともある。挨拶やふとしたやりとりや、通りすがりに見えた笑顔や、そのひとつひとつが印象に残っていた。

いつか話しかけてみたいな、と思っていた。積極的に機会をうかがっていた訳ではないけれど、いつか訪れるその日を想像しながら、日々会えることそのものを楽しんでいた。美しい花を愛《め》でるような気持ちだったかも知れない。振り返ると若さがないような気もするけれど、そのひとがあまりに素敵すぎて、見ているだけでも満ち足りていたのかも知れなかった。

独身だということは知っていた。付き合っているひとはいるんだろうかとか、そんなことはたまに生徒たちが話題にして盛り上がっていたので、つい聞き耳を立ててしまったりもしていた。あれは秋の終わり頃だったか、

「クリスマスに予定がないっていってたよ」

と、生徒たちが教室で噂《うわさ》していたので、ひそかに胸をなで下ろしたりした。

そんな自分をいま振り返ると、可愛《かわい》いやら切ないやらで、笑えてきてしまう。

彼女の結婚が決まったと、今日、校長先生から話のついでに聞いたのだ。長く付き合っている恋人が海外にいたのだが、春には式を挙げてそのまま海外で暮らすことに決まったのだという。この学校も、引き継ぎが終われば、名残惜しいけれど辞める予定だとか。

「他の先生方や、生徒さんたちに話したら、がっかりするでしょうねえ。人気のある先生だったから」

校長先生は、書類をまとめながら、笑顔でそういい、ため息をついた。「あの先生が抜けるのは、正直打撃だけど、幸せな知らせを聞くのはいいものね。特にほら、昨今みたいに何かと国内外に暗い話題が多いとね」

そうですね、と淳はうなずいた。

「おめでたい話は、いいものですね」

笑顔で答えたつもりだけれど、ちゃんと笑えていたかどうか、自信がなかった。眼鏡の奥で、目が泣いてしまっていたかも知れない。

「――知らなかっただけで、最初から縁が無かったってことだよね。仕方ないさ」

よし、とかけ声を発して、淳は寒さにこわばる足で立ち上がった。てのひらも膝も足首も、ついでに心も痛むけれど、いいおとななのだから、いつまでもこんなところに座り込んでいないで元気を出さなくては。そう思いつつ、ひびの入った眼鏡をかける。世界がひび割れて見えた。三枚目のキャラクターを表す小道具みたいだな、と思った。映画や漫画に出てきそうな、情けない奴《やつ》。笑える。

「恋の卵が無精卵だっただけじゃないか。なんてね。ははは」

むしろ仲良くなったりする前で良かったと思おう。まかり間違って、告白なんてところまでいっていたらと思うとぞっとする。ラッキーだったのだ。そう思おう。思えないけど。

「――せめて今夜がクリスマスイブじゃなかったらなあ」

日付にとどめを刺されたような気がした。

何が悲しくて、みんなが幸せそうにしている素敵な日に、こんな思いをしなくてはいけないんだろう、と肩を落とす。

「俺、何か悪いことしたっけな」

神様が罰《ばち》を当てるようなことをしただろうか。

たぶん淡い夢のようなものだったのだと思う。叶《かな》うかも知れない夢がある日々、少し先に幸せな未来を夢見ている、そのことそのものが楽しかったのかも知れないな、と思った。

「ちょうどほら、宝くじ買って、当選番号発表の日を待っているみたいな気持ちだったというかさ。——ちょっと違うか」

苦笑しながら、たまに、いてて、と呟《つぶや》きながら、淳は坂を降りてゆく。街に輝く光の方へと、痛む足を進めた。

帰ろう、我が家へ。日常へ。

夢がひとつ消えた、暗い日常へ。

独り暮らしの部屋に、灯りを灯そう。

「——猫でもいれば良かったたな」

いまの暮らしは気に入っていたけれど、こんなときは、誰もいない部屋は寂しい。話しかける相手が欲しいと思った。愚痴を聞いてもらいたいとかそういうのじゃなく、なんということのない会話を誰かとしたかった。

「ああ、久しぶりに、里帰りしたくなったな」

もう長いこと実家には帰っていなかった。こちらでの暮らしに慣れていたし、独り暮らしが気軽で性《しょう》に合うなんて思ってもいた。好きなときに英語の勉強をしたり、昔の洋楽やジャズを聴いたり、のんびりコーヒーを飲んだりできる、静かで自分のペースで暮らせる日々に穏やかな幸福を感じてもいた。

けれど。

育った家のように、祖父母がいて両親やきょうだいがいて、蜜柑《みかん》の入ったかごが載った大きな炬燵《こたつ》があって、炬燵布団には猫が寝ていて、一日中つけっぱなしのテレビからは賑やかな音が鳴っているような、そんな暮らしが今夜は懐かしかった。しんしんと雪が降り、深く重たい雪に降り込められていても、明るくあたたかな家が恋しくなった。夜、炬燵であたたまったからだを重くて冷えた布団に入れると、幼いきょうだいたちが笑いながら潜《もぐ》り込んで甘えてくる、そんなのも懐かしかった。せがまれて絵本を読んでやったり、適当な作り話の物語を即興で話してやったり、そんな日々の思い出が。幼かった弟も妹も、いまは制服姿の中学生や高校生になったけれど、ふとした表情にあの頃の、お兄ちゃん、と甘えていた幼い顔の欠片《かけら》を感じることがある。メールやSNSでやりとりする言葉にも、その欠片を感じることがあったりして。

淳と弟や妹たちは、年の離れたきょうだいで、それもあってか、彼らにはずいぶん尊敬され、憧れられていたものだ。世界中のことはなんでも知っていると思われていた節があるし、大抵のことは何でもできると――テレビのスーパーヒーローのように悪と戦うとか誰と喧嘩《けんか》しても負けないとか、どうかすると空だって飛べるんじゃないかとか――尊敬されていたようなところがあった。いまではさすがに、自分の兄も普通の人間のひとりだと思ってくれているだろうと思うけれど。

両親だってそうだ。どこかで、淳のことを買いかぶっているというか、ちょっと努力したら大抵の夢は叶うポテンシャルがあると思われているような気がする。実際、トンビがタカを生んでしまってね、という自慢話を冗談交じりに親戚や近所のひとたちにしているのは、何回も見た記憶がある。でもトンビの子どもはどうしたって遺伝子の限界を超えず、所詮トンビな訳で。

「俺、トンビも可愛くて好きだけどね。目がつぶらで」

自分の分はわきまえているつもりだった。ほどほどに優秀な自分がけっこう好きだった。こつこつとたゆまぬ努力をして、大学の英文科を卒業した後も、好きな英語の勉強を続けていって、いつかは語学力を生かせる仕事に就ければ良いなあ、と思っていた。いや、直接仕事に生かせなくても、たまの休みに海外に出て、いろんなひとと出会ったり、果てしない地平線を目指したり、そんな物語の主人公のような冒険ができると良いなあ、と夢を見ていた。

その夢を叶えるために、この街に来たつもりだったけれど。決して夢の実現は難しいとは思っていなかったのだけれど。この美しい夜景の街を自分の街だと、新しい故郷だと思っていたはずだったのだけれど。

英会話学校に勤めていることも気に入っていたのだ。事務の仕事は講師に比べると地味だけれど、英語を勉強する空気にふれているのは心地よかったし、ここを旅立った生徒たちがそれぞれの未来を切り開いていってくれるだろう、その背中を見守っているのが好きだった。同じ夢を持つ仲間たちを見守っているような気持ちがあったかも知れない。

(この街で、夢の実現に向けて、楽しみつつ堅実に生きているつもりだったんだけどなあ……）

急に、分不相応な夢を見ていたような気がしてきた。たいして賢くもない、ありふれた田舎者が、ひとりぼっちで、場違いな美しい場所にいるような気が。

「――何で俺ひとり、ここにいるんだろう？」

十代の頃、進学を機に独り暮らしを始めたばかりの頃に感じた孤独を、久しぶりで思いだしていた。――こんなにさみしいってことは、やっぱりこの街は俺がいるべきところじゃないのかな、田舎に帰りたい、と。

「いやいやいや」

淳は慌てて、首を横に振った。

軽く失恋をしただけで、それも失恋に数えるのもおかしいような、序盤で終わった恋の卵が消えてしまったというだけで、何を十代の頃のように滅入《めい》ってしまっているんだ。

歩きながら、ふう、とため息をつく。

明日になれば元気になるとわかっていた。いまの気の迷いも落ち込みも心の痛みも、一晩寝て起きれば、いくらかは薄れているだろう。日が経《た》つにつれ、どんどん薄くなって、きっといつかは忘れている。子どもの頃から今日までの日々、どん底に気が滅入ったり絶望したりしたことが何度もあったはずなのに、気がつけば、そのほとんどの出来事を思いだせないように。

こんな風に、エアポケットに落ちたように思える日ってあるものだ。世界が光を失って、真っ暗になったように思える日が。

「――今日の日付にプラスして、この情けない擦り傷の痛みがよくないんだよな、きっと」

それと十二月の冷えた夜風もいけない。コートを着込んでいても、寒さが身に沁《し》みる、この酷薄に感じるほどに冷たい風。あおられてかっこ悪く顔に張りつくマフラー。

「うちの田舎も雪国で、冬は寒かったけど、ここまで凍えなかったような気がするぞ」

いや平均気温からして、錯覚なのはわかっている。向こうの方が気温が断然低い。

頭でわかっていても、今夜この街を吹きすぎる風はひどく冷えた。魂から凍えてしまいそうに。淳を凍死させようとする悪意があるんじゃないかとすら思えるほどだった。


ため息をつき、うつむきながら歩いても、坂と石段を降りるうちに、明るい世界へ辿《たど》り着く。一歩一歩歩くごとに、ゆるやかに時間は経つ。

地上には古い商店街が広がっていて、遠くには不夜城のようなビルの群れが見える。どちらにも美しく光が灯り、商店街のどの店からか、クリスマスソングが風に乗って聞こえてくる。行き交うひとびとは笑顔で、恋人同士手をつないで歩く姿なども目に入り、つい、淳は目をそらしたりした。

それでも、わずかでも時間が経過して、夜風で頭が冷えたせいもあってか、衝撃はだいぶ過ぎ去り、芍薬のような講師の祝い事を素直に良かったなあと思える自分に気づいていた。

(今年のクリスマスは予定がないっていいってたって、生徒が噂してたってことは――)

せっかくのクリスマスなのに、ふたりは海を越えて別々に時を過ごすということなのだろう。来年のクリスマスは一緒なのだろうから、良かったなあ、と思う。

さすがにちょっとだけ寂しかったりして、口元に苦笑が浮かぶけれど、それでも、ひそかに好きだった綺麗《きれい》なひとが、この先幸せになるのなら、それは何よりのことだと思った。

(彼女とその恋人の幸福を祈ろう)

夜風に吹かれ、途切れ途切れのクリスマスソングを聴き、楽しげに行き来するひとびとととともに明るい街を歩きながら、淳は、ひとりうなずいた。ああいう素敵なひとが幸せになるというのは、良いことだ。

ふと思いだす。——あれはどんなときに、なぜ聞いた言葉だったろう。まだ小学生だった頃の妹にいわれたことがあった。

「お兄ちゃんのこと大好きで、すごい尊敬してるけど、いちばんいいなあって思うのはね、誰かの幸せを祈れるところかも」

ああ、そうか、と思った。

(俺もわりと、自分のそういうところ、好きかも知れないな)

マフラーに笑みを浮かべた口元を埋《うず》め、ポケットに両手を入れて、幸せそうなひとびとの波の中を歩く。てのひらも足も、擦りむいたところは痛むけれど、その痛みがいっそ愉快で爽快だった。

住んでいるアパートの近くに、古く小さなケーキ店がある。老夫婦が昔から営んでいるお店だ。今風の洒落《しゃれ》たケーキはないけれど、昔ながらのもったりしたバタークリームを使った素朴なケーキが、子どもの頃に食べた田舎の町のケーキ店のそれに似ていて、懐かしかった。仕事帰りに窓から中をのぞいて、ケーキがまだ並んでいたら買って帰ったりしていた。もともと甘いものが好きだし、一日の終わりや勉強の休憩時間に淹《い》れたてのコーヒーと一緒に味わうケーキは格別なものだ。

子どもの頃は、同居の家族がたくさんいたので、ケーキも少しずつ分けあって食べることが多かった。それはそれで楽しかったけれど、ひとりで好きなケーキを選んで食べるのも楽しいものだなあと思ったりしていた。

いつもの習慣で、窓から中をのぞいたら、老夫婦がびっくりしたようにドアを開けて、あたたかな店内に招き入れてくれた。

「どうしたんです、その眼鏡……」

いわれてガラスに映してみて、ああそうだった、と、淳は笑った。ひび割れた眼鏡をかけて街を歩いているひとなんてそうそういないだろう。ましてや、十二月二十四日の夜に。

さすがに失恋の話はできなかったけれど、英会話学校の裏手の石段を数段落ちたこと、あちこちぶつけて擦りむいたことを面白おかしく話すと、夫婦は驚いたり心配したり、紙ナプキンやらお手拭きやら、抱えるほどに渡してくれて、ひとの情けが身に沁みた。

淳は恐縮して、いやそれよりもとケーキの入ったショーケースを見ると、バタークリームの上に苺《いちご》が載った、昔ながらの小さく白いクリスマスケーキがひとつある。夫婦や恋人同士が分けあって食べるサイズだろう。がらんと空いたケースに、ひとつだけ、寂しげにぽつんと入っていた。

この時間だと、もうケーキを買いに来るひともいないかも知れない。そう思うと、今夜のために、と、とびきり丁寧に美しく作られているのがわかるのに、こうして取り残されたケーキが可哀想《かわいそう》になり、心を込めて作っただろう老夫婦が気の毒にもなり、

「そのケーキ、ください」

と、声をかけていた。

甘いものが好きな淳でも、ホールサイズのケーキをひとりで食べるのはさすがに苦しいかも、と思ったけれど、まあ真冬のことだし、今夜半分食べた後、もう半分は明日の朝食に、というのもありのような気がする。

老夫婦は、ありがとうございます、と嬉《うれ》しそうに頭を下げ、丁寧にケーキを箱に入れてくれた。お会計のとき、「ああそうだ」と、奥さんの方が、いったん奥に引っ込み、よかったらどうぞ、と、可愛らしい小さなブーケを差し出した。かすみ草が白いトルコ桔梗《ききょう》をとりまいている、雪でできたようなブーケだった。

「今年はね、クリスマスケーキをお買い上げのお客様に、お花を差し上げてるんです。よかったら、お土産にどうぞ」

老夫婦はにこにこと嬉しそうに笑って、淳を見つめる。「お土産に」、の一言の前に、「その

ケーキを一緒に食べる彼女さんへの」という言葉が略されているのがわかる。

（ああそうか。そうだよな。ひとりで食べるサイズじゃないもんなあ）

淳は納得して、でも今更言い訳するのもなんだかなあ、と思い、ただ笑ってうなずき、ケーキを大切に受け取って、店を出た。

「良いクリスマスを」

老夫婦の声が、背中に優しく降りかかった。


小さなサイズのケーキでも、ホールケーキはホールケーキ。四角い箱が意外とかさばる。手袋の下の擦り傷にはやや響く持ちにくさだった。可愛らしい白い花のブーケも、いためないように持とうとすると気を遣う。

ケーキ店の明るくあたたかい光から遠ざかるにつれ、

（俺、一体何やってるんだろう？）

と、思わないこともなかった。——そもそも独り暮らしの部屋に帰っても、可愛いブーケやクリスマスケーキを喜んでくれる彼女なんて、いないのになあ。

でも、まあいいや、と苦笑した。こんなクリスマスイブも面白いんじゃないか、と思う。文学的な感じがして。ちょっと海外の映画っぽくもある。自分という人間のキャラクターには合っているかも知れない。三枚目かも知れないけど、まあまあ善人みたいな。そんな人間のクリスマスの情景。

「クリスマスに白い花のブーケが部屋にあるっていうのも素敵だよな、きっと。花なんか、自分じゃ買わないし」

善人といえば——と思いだす。地元にいた高校生の頃、クリスマスの頃に近所の老舗の玩具店でアルバイトをしたことがある。プレゼントを包装するのを手伝ったり、配達サービスをご希望のお客様のおもちゃを、店の裏手の駐車場で待つ店長さんのワゴンまで届けに行ったり。店長さんは二十四日の夜は、サンタクロースの仮装をして街を回ることになっていて、助手席に赤い服や帽子、白い髪のかつらに付けひげを載せている。子どもたちの家のそばまで行くと、赤い服を着ている服の上にはおり、かつらにひげをつけ、帽子をかぶって、「メリークリスマス」とサンタになりきってチャイムを鳴らすのだ（最初にその話を聞いたとき、淳は、幼い頃にサンタさんが家におもちゃを届けに来てくれて、受け取ったことがある、と思いだした。あれはもしかして、と、店長さんに訊《き》いても、「いやわたしは知らないね。それは本物のサンタさんだったんじゃないのか」と笑うだけだった）。

包装の仕事の手が空いたのと、店長さんに誘われたので、プレゼントの配達も手伝うことになった。楽しかった。綺麗に飾りつけられた家で、子どもたちが待っている。本物のサンタさんだと信じてきらきらの笑顔でおもちゃを受け取ってくれるし、そばで見守るおとなたちも、こちらにそっと目配せしたりして、一緒に盛り上がってくれる。一晩の間に、幸せな場面と笑顔をたくさん見た。

街中を回って、最後の家の扉を閉めて、そっと立ち去った後、店長さんは淳の背中を叩《たた》いて、

「サンタの手伝い、お疲れ様。ありがとう」
サンタクロースの衣装のままで、満面の笑みでいわれると、一瞬本物のサンタクロースから
お礼をいわれたような気分になった。
街外れのファミレスで、遅い夕食をご馳走《ちそう》になりながら、今夜あったことをふりかえりなが
ら、いろんな話をした。ほんとうに素敵な夜だった。レストランのBGMはクリスマスソング
で、たまに席のそばを通るお店のひとも、サンタがそこにいる、ということが楽しいようだっ
た。
そのときに、店長さんからいわれたのだ。
「淳くんさ、誰かの笑顔を見るとき、とても幸せそうな顔になるんだね。善人だねえ」
そういう店長さん自身も、付けひげだけはずした姿で、絵本の中のサンタクロースのそれの
ようなあたたかな笑みを浮かべていた。
淳は照れて、頭をかいた。
「笑顔って伝染しますよね。幸せな気分も。つい一緒に笑っちゃって。単純なのかも」
子どもの頃からひとが幸せそうにしているのを見るのが好きだった。それが自分と直接の関
係がないひとでも良いのだ。笑顔を見ると嬉しかった。
「そういう人間はきっと幸せになるよ。魔法に守られて、幸せになるものさ」
明るい声で、どこかいいきるように、店長さんはいった。
「え、魔法、ですか?」

「魔法なんてあるものか、って思っただろう？　でもね、この世界に魔法はあるんだよ。そんなに派手なものじゃない。気づかないひとは気づかないだろう、見えない魔法さ。けれどね、優しい心の持ち主を見守るささやかな魔法は、たしかに存在するんだよ。きっとね」

店長さんの飲んでいたホットコーヒーの香りと白い湯気と、テーブルに灯されていたキャンドルの光を覚えている。店長さんの、老いてくぼんだ瞳の、どこか謎めいて見えたまなざしも。

（優しい心の持ち主を見守る魔法、か……）

ほんとうのところは、どうなんだろう、とおとなになった淳は思う。

淳が進学して故郷を離れた後、あの玩具店は閉店してしまった。賑わっていたように見えた店だったけれど、時代の変化にはついていけなかったらしい、と両親に聞いた。店長さんは、からだを壊して、間もなく亡くなったと。

（そんな魔法があるのなら、店長さんこそ救われて、あの店はいまも続いているんじゃないのかなあ）

魔法なんてほんとうには存在しないのだろう。クリスマスイブにプレゼントを配達するのは、本物のサンタクロースではないように。

けれど、淳はいまもあの夜のコーヒーの香りを覚えているし、赤い服を着た店長さんの、謎めいた優しいまなざしを忘れはしないのだ。

アパートのそばの古い公園の、そのそばの路地を通り過ぎたとき、街灯に照らされた小さな樅《もみ》の木とベンチの辺りの地面に、何か文字と絵が書いてあるのに気づいた。

『メリークリスマス』

『あなたに良いことがありますように』

リボンのついたリースと、可愛らしい天使にサンタクロースの絵。

白いチョークで、くっきりと書いてあった。

けっして大きな公園ではなく、人通りの多い道のそばにあるわけでもなく。そばにある樅の木だって、飾りつけがされているわけでもない。地面に書かれたこれに気づいたひとは、一体どれだけいただろう、と思った。

「――良いことがありますように、か」

これを描いたひとは、この一言を誰か目にしたひとに届けたかったのかな、と思った。少しだけいたずらっぽい気持ちで。知らない誰かにささやかな贈り物をするような気持ちで。クリスマスカードをそっと置くように。

「ありがとう。メリークリスマス」

淳は笑みを浮かべて呟いた。

この世界に、優しい魔法がもしあるのなら、あなたに良いことがありますように。

ひとりの部屋に帰り、灯りをつけ、暖房を入れた。いつもの通りに部屋は暗く、静かで冷えていたけれど、手に持っているブーケをどこにどう飾ろうかと考えながらドアを開けたので、むしろ心は弾んでいた。

　形の綺麗な洋酒の空き瓶があったので、とりあえずそれに水を入れ、花をいけて、キッチンのテーブルの上に置いた。それだけで部屋が明るくなり、光が灯ったようだった。

　擦り傷の手当ては痛い。けれどおとななので涙目になりながら風呂場で洗い、なんとか終わらせた。普段着の、ちょっとダサいけれどあたたかなジャージに着替え、夕食をこしらえる。ブロッコリーとオイルサーディンの買い置きがあったので、ささっとパスタを茹《ゆ》でてペペロンチーノを作った。ブロッコリーの緑と鷹《たか》の爪の赤でクリスマスっぽいかな、と思いながら、とっておきの白ワインを開けた。パソコンを立ち上げ、ＹｏｕＴｕｂｅでお気に入りのジャズのチャンネルを開くとクリスマス特集のライブをやっていて、チャットに流れる楽しげな文字を眺めたりしながらパスタを食べる頃には、ご機嫌な気分になっていた。

　食後にはクリスマスケーキを。老夫婦のお店のケーキは、懐かしい味がして、もったりと甘く優しく、美味《おい》しかった。

「良いクリスマスだなあ」

　鼻歌交じりに呟いていた。

「うん、良いクリスマスだよ」

　白い花のブーケは美しく、白ワインはケーキととてもよく合い、どこかで誰かが奏で続けてくれる音楽は、優しく素敵だった。

そのままうたた寝していたのだろう。

ＹｏｕＴｕｂｅはいまは違うチャンネルで、静かなクリスマスソングを流し続けていた。

「いてて」

時間が経ったせいか、傷口はあちこち熱を持って痛く、落ちたときに捻《ひね》っていたらしい筋肉が、いまごろになってこわばってきていた。

「こりゃ数日祟《たた》るかもなあ……」

テーブルに顔を伏せたとき、ふと、猫の鳴き声が聞こえたような気がした。

最初は何かの聞き間違いかと思った。ずっと動画を流していたし、飲んでいるし、疲れてもいたし。

けれど、猫の声はもう一度聞こえた。外からだ。弱々しいけれど、はっきりと。

夜風に乗って聞こえてくる。あれは助けを求めているおとなの猫の声だ、と思った。

猫は好きだし、実家にはずっと猫がいたから知っている。

「――どうしたのかな?」

思わず立ち上がった。

とっさにカーディガンを羽織り、玄関のドアを開けると、さっきより冷えた夜風が、瞬間冷凍させるような勢いで吹き付けてきた。

「うひゃー」

思わず声が出る。風に交じって、ぱらぱらと氷のような雨粒がからだにあたる。

「――これは雪になるかもなあ。積もりでもすれば、子どもたちが喜ぶだろうな」

おとなは出勤が大変だけど、という思いに、昔のヒットソングが重なって聞こえた。

『雨は夜更け過ぎに　雪へと変わるだろう』

ずっと耳の底で鳴り続けるメロディを聴きながら、淳は覚悟を決めて、外に出た。寒いし痛いけれど仕方ない。聞こえる猫の声に耳を塞ぐわけにもいかない。雨が夜更け過ぎに雪に変わるかも知れないのなら、凍える前に、どこかで鳴いている可哀想な猫を見つけてやらなければ。

猫は途切れ途切れに鳴き続けてくれたので、幸い、そこまで捜し回らずに見つけることができた。

シャッターを下ろしたままの酒屋の横に並んだ自動販売機のそばに、そこで暖をとろうとしているように、一匹のぼろぼろの猫が張りついていた。ペルシャ猫とかヒマラヤンとか、何かそういうペットショップで売っているような毛の長い猫か、その血を引いた猫に見えた。長い毛がもつれながら風になびいている。

「おーい、おまえか、鳴いてたのは？」

淳が自分も寒さに震えながら身をかがめ、話しかけると、猫はそうですそうです、というように近づいてきて、頭をぐいぐいと押しつけるようにして甘えてきた。

「なんだおまえ、ずいぶん汚れてるな」

大きな目もピンク色の鼻も涙と鼻水で汚れてべたべたしていた。長い被毛や尻尾の毛はもつれてからんで、モップのようになっている。元が豪華な雰囲気だったろう猫なので、余計に可哀想に見えた。この猫は一体、野良猫なのか、迷い猫なのか、あるいは捨て猫なのか。首の辺りを探ってみる。首輪はしていないようだった。

「とりあえず今夜行くところがないなら、うちに来ると良いよ。おいで」

なでてやりながら抱き上げると、おとなしくそのまま抱かれてくれた。見た目がかさばってふわふわと大きいわりに、紙のように薄くて、軽い猫だった。指が骨にあたる。ひどく痩《や》せている。

「うちのアパート、ペット可だから、安心してくつろいでいてもいいからさ」

古いアパートだし、大家さんも動物が好きだからということで、ペットも飼える物件だということは以前に聞いて知っていた。

適当な箱にタオルを敷いて猫を入れてやり、近所のコンビニでキャットフードと猫砂を買って来た。明日の日曜日はいつもなら仕事だけれど、今日の代休で休みだから、獣医さんに行こうと猫に話した。一度、診てもらった方がよさそうだ。

「近所に獣医さんがあったから、そこに行ってみよう。迷い猫捜しているひとを知りませんか、ってついでに訊いてみような」

猫を預かっています、という張り紙もいずれさせてもらおうと思った。そうだ、警察にも連絡をしないと。もし迷子の猫ならば、家に帰してあげないといけない。飼い主はどれほど探しているだろう。実家の猫が急にいなくなって、家族で捜し回ったことがあるから知っている。

「でももし、帰るところがないなら、うちにいてもいいからな。猫一匹くらい、俺でも養ってやれると思うから」

さっき抱き上げたときの腕の中のぬくもりと、鳴っていた喉の音、思いがけないほどの軽さが忘れられなかった。なんて軽くて小さくて、そしてあたたかな命なんだと思った。

猫は水は飲んだけれど、猫缶に口をつけようとはしなかった。ただ、皿に入った美味しそうなそれをじっと見つめている。

「お腹空《なか》いてないはずはないんだけどなあ」

弱りすぎていて、食べる気になれないのだろうか。目元も汚れているから、風邪を引いていて、鼻がきかないのかも。

もしかして、と思って、ケーキのクリームを指ですくい取り、口元にそっと差し出した。ちょいと鼻先に塗ってやる。

猫はびっくりしたような顔をして、弾みで鼻を舐《な》めた。そして、おや、という表情になると、淳の指先のクリームを舐めた。

「よしよし。美味しいだろう?」

クリームを一すくい、キャットフードの上に載せた。

猫は首をかしげ、クリームの匂いを嗅ぐと、クリームと一緒に、キャットフードを食べ始めた。美味しいものや良い匂いのもので食欲が刺激されると、元気のない猫でも、食べる気持ちになってくれることがあるものだと淳は知っていた。

「良かった、良かった」

とりあえず食べてくれれば、死ぬことはないだろうと思った。少なくとも今夜は。今夜死ななかった猫は、明日もあさってても生きてくれるかも知れない。

「美味しいケーキがあって、良かったなあ」

今夜、クリスマスケーキを買って帰って、ほんとうに良かったと思った。猫のためにも、自分のためにも。

「クリスマスイブの夜に、悲しい思いはしたくないものなあ」

猫はキャットフードをほとんど平らげ、満足そうに顔を洗い始めた。猫には久しぶりのご馳走だったかも知れない。おまけにクリスマスケーキのバタークリーム付きだ。

結局は今夜クリスマスケーキを分け合う相手がいたんだな、と思うと、なんだか巡り合わせがおかしくなって、淳はくすりと笑った。

お湯で濡らして冷ましたタオルでそっと目と鼻を拭ってやると、宝石のように青い目がとても美しかった。

「元気になったら、からだも洗ってやろうな。汚れを落として、ブラシもかけてやろう」

話しかけながらなでているうちに、猫は眠くなったのか、自分で箱に入って、丸くなって眠った。

つけっぱなしにしていたＹｏｕＴｕｂｅが静かにクリスマスソングを奏でていた。淳は猫におやすみをいうと、半分残ったケーキを冷蔵庫に入れながら、

「なんだかエピソードの多い、忙しいクリスマスイブだったなあ」

と呟いた。おまけにあちこち痛いし、夜風に冷えたせいか、自分も鼻がぐずぐずしだしたし。鼻風邪引いたかも。

「だけどさ、振り返れば楽しい夜だったよ」

いまとなっては、失恋したことさえ、遠い出来事のように懐かしく思える。そのひとの芍薬のような笑顔を思うと、さすがにまだわずかな痛みや苦さはあるけれど、きっといつか、映画のように、すべてが良い思い出になるだろう、と思った。美しいひとが同じ職場にいた。そのひとのことが好きだった。言葉にはしなかったけど、と。

公園の地面に描いてあった、白いチョークの文字を思いだした。

『メリークリスマス』

『あなたに良いことがありますように』

皿を洗いながら、淳はひとり微笑《ほほえ》んだ。

(良いクリスマスになったような気がするよ)

ふと目を上げると、窓の向こうの空に、白いものが舞っている。

「あ、雪だ。雪が降り始めた」

故郷に降る、重たさを感じる雪とは違う、妖精が舞うような優しい柔らかい雪が、ふわふわと夜風に舞っていた。

日曜日、遅めに目覚めた淳は、あちこち痛んだりこわばったりするからだをかばいながら、ベッドから、半ば転がり出るようにして這《は》い出た。

からだが重い。熱があるのかも知れない。鼻水がたらりと垂れる。こりゃやっぱり風邪引いたな。落ち込みながら、なんとか立ち上がる。

「おーい、猫、猫さん、生きてるか？」

いちばん気がかりな存在に声をかけると、箱の中の猫は思っていたより俊敏に頭をもたげた。小さく鳴いて返事をする。そのまま箱の中で、伸びをしてみせた。汚れていた目は、昨日より開いて、瞳の青色が綺麗に見えた。

「よーし、元気だな」

淳はほっと胸をなで下ろす。

なで下ろしたその手を見て、ぎょっとした。パジャマからのぞく腕や足を確認する。

「ああ、あちこちあざになってる。ていうか、思ってたより広範囲をぶつけてたのか？」

手足のあざの具合といったら、あたかも、ゾンビ映画の生ける死体のそれのようで。

よろよろと立ち上がり、洗面所の鏡に、念のために顔を映してみる。

「良かった。顔はゾンビじゃない」

洟《はな》をかみながら、淳はつくづくとため息をついた。顔や頭をぶつけなくて、ほんとうに良かった。不幸中の幸いというか、かなりラッキーだったのかも……。

コーヒーマシンでコーヒーを淹れつつ、猫のための朝食も用意する。部屋にコーヒーの良い

香りが漂い出す頃には、猫用の皿に、綺麗にフードの盛り付けも終わって、

「はい、どうぞ」

台所の床にチラシを敷いてやり、お皿を載せる。猫は尻尾を上げてやって来ると、美味しそうに食べ始めた。その食べ方も元気で、ゆうべの様子とは別人、ならぬ別猫のようだった。

淳はよしよしとうなずくと、湯気を立てるコーヒーをマグカップに注ぎ、冷蔵庫から出したケーキをお皿に載せ、テーブルに並べた。

「いただきます」

狭くとも朝日が入る台所で、手を合わせる。

小さな窓の外の空は明るいけれど、雪雲がかかっているのか、ほの白く見える。

雪はもう止んだらしい。

「結局、どれくらい降ったのかな？」

アパートの三階のこの窓からでは、屋根や屋上しか見えない。——見える範囲ではちらほら雪の名残のような白いものはあるけれど、さほど積もっているようでもなさそうな。

今日は猫を抱えて獣医さんまで出かけなければいけないから、積もっていて欲しくはないけれど、街の子どもたちのためには雪だるまが作れる程度は積もっていて欲しかったなあ、などと思いながら、フォークを口に運んだ。

一晩経ったケーキは、熱いコーヒーとよくあって、甘さと柔らかさがもったりと優しく、心癒やされる味だった。

「古い眼鏡、とっておいて良かったな」

淳は机の引き出しから、以前使っていた眼鏡を出した。細い金属製のフレームにプラスチックのレンズの、軽くてお洒落だけれど、ややありふれた感じの眼鏡だ。

ゆうべ、レンズとフレームがひび割れた眼鏡は、見るからに直しようがなく、買い直すしかなさそうだった。獣医さんの用事が済んだら、近所の商店街の眼鏡屋さんをのぞいてみようと思っていた。――また素敵な眼鏡との出会いがあるだろうか。それともこのまま、この、古い眼鏡に戻ろうか。幸い、度数はあまり変わっていないらしく、見え方に違いを感じない。

「――でも、ほんとに気に入ってたんだよな」

壊れた眼鏡を入れたケースを、そっと握りしめる。レトロなデザインのかっちりとしたセルフレームも、少し重いけれどすっきりと透明なガラスのレンズも、いままで使ったどの眼鏡よりも気に入っていたのだ。

通りすがりにショーウインドウで見かけて、試しにかけてみたらよく似合って、お店のひとにも勧められた眼鏡だった。厚めのしっかりしたフレームだったから、以前から憧れていたガラスのレンズにしてみたのだ。

「何だか、昔の映画の中のハンサムなお兄さんって感じですよね。主人公っぽいというか。ほら、新聞記者とかしてそう。それか探偵だ。正義の味方の」

手を打って話した、同年輩のお店のひとの言葉が面白かったのと、何だか楽しかったので買うことを決めたのだった。

そういえば、クラーク・ケントもこんな眼鏡をかけていたような、と思った。そう、昔の映画の『スーパーマン』の新聞記者のときの姿だ。淳はあんなにがっしりした体格ではないけれど。顔だけ見れば、雰囲気は似ているかも。雰囲気だけは。

「実際、よく似合ってたと思うしね。新聞記者や探偵でなくても、英会話学校の事務の仕事をするのにも、良い感じの眼鏡だったんだ。学校の先生や生徒さんにもわりと好評だったし——」

ふと、失恋した美しい講師にも、

「その眼鏡、お似合いですね」

といわれたことがあるのを思いだして、束の間、心の傷が疼《うず》いた。

いててて、と笑って痛みを誤魔化す。

猫が「どうしたんです?」というようにやって来て見上げたので、大丈夫だよ、と笑った。

「何年使ってたっけ、この眼鏡。はずすと、アイデンティティがなくなっちゃいそうだなあ。自分が自分でなくなっちゃいそうだ」

はあ、とため息をつく。やはり似たようなフレーム、できれば同じものか、色違いでもあればそれを買いたいような気がする。

首をかしげる猫に、話しかけた。

「うん、まあ古い眼鏡もね、これはこれで使いやすい眼鏡ではあるんだよ。戻るのもありだと思う。だけどね……」

古い眼鏡をかけた自分を鏡で見ると、どうもいまいち、ぱっとしないのだった。

コートを着込みマフラーを巻いて、アパートの部屋の玄関のドアを開けると、ゆうべよりもさらに冷えた、あたかも一月や二月に吹くかのような冷たい風が吹きよせて、淳は思わず身震いする。

「今日はまだ十二月二十五日、まだまだクリスマスで、今年のうちだっていうのに、ちょっと気が早い寒さじゃないか?」

部屋の前に、みぞれのように半ば溶けた雪が残っている。外廊下から街を見下ろすと、道路の端や家々の軒先に雪が溶け残っているのが見える。雪だるまを作るほどではなくても、降ることは降ったのだろう。この寒さだと、これからまた降るのかも知れない。

腕に抱えたキャリーバッグの中の猫に話しかける。

「滑らないように行かなきゃな。俺、頑張るから、少しの間、寒いのを我慢しててくれよ。せめて、獣医さんが近くて、良かったよ」

キャリーバッグは近所のホームセンターにあるのを見かけた記憶があったので、ついさっき外の様子を見に行くのも兼ねて買ってきた。その行きも帰りも、案の定、滑りやすいポイントが濡れた道に無数にあって、心臓に悪かった。雪国育ちでも滑ったり転んだりはするから怖いのだ。

寒いのは猫に良くないので、バッグの中にタオルと使い捨てカイロ（熱くなりすぎないようにハンカチにくるんだもの）を入れ、さらにバッグの上からバスタオルを巻いて抱えた。

たまに小さな声で猫が鳴かなければ、何を抱えて歩いているのかわからないかも知れないなあ、と、ふと思う。

「よし」

淳は気合いを入れて、猫入りのバッグを抱え、濡れた外階段を降りる。そろそろと降りてゆく。ゆうべ、石段を落ちた記憶がたまにフラッシュバックしてどきりとする。冷たい風に吹かれながら、滑らないように気をつけながら、溶けかけた雪が残る階段を、弱った猫を抱えて一段一段降りてゆくのは、なかなか難易度が高かった。おまけにゆうべの名残で、足腰に腕に肩にてのひらに、と全身が痛いと来たものだ。熱っぽくけだるくもあり、たまに鼻水もつたうし、やはりこれは風邪の引きはなで、ほんとうなら部屋で寝ていた方が良いんだろうな、ともちらりと思う。今日は休みでも、明日は仕事があるのだし。

それでも、そんな思いは一瞬で冷たい風が吹き飛ばしてくれた。この猫は淳でなければ、獣医さんに連れて行けないのだ。ゆうべ、凍るようだったクリスマスイブの夜に、ひとりで鳴いていたこの猫を捜し出し、手をさしのべたのは、淳なのだから。

「でもさ、現在進行形で、雪が降ってなくて良かったよ。それはほんとうにラッキーだった」

この上、片手に傘を差しての道行きにならなくて済んで良かったと思う。きっと猫か自分のどちらかの日頃の行いが良かったのだろう。

息を詰めるようにしながら、一段一段降りてゆくうちに、それでもいつかは地面へと降り立つときが来る。

階段の最後の段から地面へと降りたとき、淳は深い深いため息をついた。そして、

「よし、行くぞ」

猫の入ったバッグを強く抱きしめて、雪の残るクリスマスの住宅街の道を歩き始めた。


「獣医さん、公園のそばの路地だったよな」

公園の近くの路地に、古い看板が掛かっていて、おや、こんなところに獣医さんがあるんだ、とある日気づき、それ以来、なんとはなしに、そちらの方を気にかけるようになっていた。実家に猫がいるからか、動物が好きなせいか、獣医さんやペットショップ、ホームセンター辺りはいつもつい気になってしまう。

古めかしい感じの獣医さんだったけれど、動物を連れた飼い主たちが出入りするのをよく見かけるので、人気がある病院なのかな、と思ったこともある。

日曜日にも開いている、というのは、看板で見て記憶していた。

公園のそばに辿り着いたとき、ふと、ゆうべ見たあのチョークで書かれた言葉と絵は、まだ残っているだろうか、と思った。

街灯に照らされた小さな樅の木とベンチの辺りの地面に、書いてあった言葉。

『メリークリスマス』

『あなたに良いことがありますように』

リボンのついたリースと、可愛らしい天使にサンタクロースの絵。

(思いがけないクリスマスカードを差し出されたみたいで、嬉しかったんだよな)

今日の公園も、ひとの気配がないようだった。もう一度あの言葉と絵を見たいような気がして、どの辺だったかな、と、目で捜そうとしたとき——淳は、思いがけないものを目撃した。

(何だ、あれ?)

何か大きくて、薄茶色のもこもことしたものが、地面の上でもがいている。公園の生け垣の、柊《ひいらぎ》の枝に絡んで動けないようだ。何か大きな、動物とか妖怪とか(まさか)、そういう感じの……。

「いや、あれ人間だ」

人間の——若い女性だった。手編み風の、薄茶色のもこもこした毛糸のセーターを着て、お揃《そろ》いの帽子をかぶっているひとが、柊の木にひっかかっているらしい。柊の生け垣は背丈が低くて、葉の縁に棘《とげ》がある。どういう弾みだか、うっかり引っかかって、慌ててはずそうとしているうちに、余計に絡まってしまったのかも知れない。もしかして、自分だけで何とかしようとして、焦って余計に絡まってしまったのかも。

とりあえず、猫が入ったバッグをベンチに置いて、淳は柊の生け垣のそばに行った。身を屈めて、訊ねた。

「——ええと、その、大丈夫ですか?」

「え、あ、あの……」

顔を上げた女のひとの、その目は潤んだ涙目になっている。茶色い瞳が、驚いたように、じっと淳の顔を見つめた。

若くて化粧っ気のない、そばかすの浮いた顔には血の滲んだひっかき傷があった。柊の葉の棘のせいかも知れない。よく見ると、帽子とセーターだけではなく、薄茶色の長い髪も柊に絡んでいる。これでは痛いし、ひとりではどうにもできないだろう。小さい頃に山で遊んでいた妹が、灌木《かんぼく》に髪を絡めて泣いたことがあったのを思いだした。

「すみません、ちょっとじっとして」

迷う間もなく、手が伸びていた。なるべく髪を引っ張らないように気をつけながら、柊の枝からはずしてあげた。そのまま、セーターや帽子も、棘から解放する。

解放はした——けれど、セーターと帽子の毛糸は、さすがにあちこち、ふやけたラーメンのように、伸びてしまっていた。

「——すみません、巧《うま》くほどけなくて」

「あ、いえ。あの、その……」

女のひとは口ごもり、顔を赤くする。ありがとうございます、と裏返った声でいった。

淳の顔をじっと、見つめると、

「今日は眼鏡が違うんですね」

といった。

「――？」

淳はまばたきをした。

知っている誰かだったろうか？　いやこんな感じの、長い髪の若い女性の知り合いはいなかった……ような？

（あれ、でもどうだったろう？）

よくよく見ると、茶色い瞳のまなざしをよく知っているような気もしてきて――。

そのとき、ひときわ強く、冷たい風が吹き抜けた。

女のひとの長い髪が、ふわりと風に揺れて、淳は、はっとしてベンチを振り返った。

（そうだ、猫を獣医さんに連れて行かなくちゃ）

弱った猫を、寒空の下に、長く置いていてはいけない。ここまで移動してくる間も、バッグの中で寒かっただろうし。

「それじゃ」

淳は片手を上げると、ベンチに急ぎ、バスタオルにくるんだキャリーバッグを抱えて、急ぎ足で獣医さんに向かった。

ありがとうございます、と、背中にかかる声に気づき、ちらっと振り返って笑顔で会釈だけして、また背を向けた。

誰だったろう、と思いながら。知っているような気もするのだけれど、あんな長い髪とそばかすの女のひとの記憶がない。正直、可愛いなあ、と思ったので、知り合いなら覚えているはずだ、なんて風にも思う。細くて色白で、ちょっと妖精のようだった。柊の枝に長い髪が絡まってるなんて逸話、アイルランドの妖精物語にでもありそうじゃないか。そばかすは『赤毛のアン』のようだし——。

(学校の生徒さん、じゃないよなあ)

さすがにそれならすぐに気づく。

(——まあ、知ってるひとなら、そのうち思いだすだろう)

次にどこかで会うときまでに思いだしていれば、失礼には当たらないだろう。

とりあえず、柊の生け垣から助けることができて良かった、と思った。淳が通りかからなかったら、この寒空の下、あのひとはずっとひとりでもがいていたのかも知れない。

今日はクリスマスだというのに。

(——それにしても)

歩きながら、ふっと笑えた。

「今年のクリスマスは、ドラマチックだなあ」

いろんなことが盛りだくさんだ。

楽しいから良いけど。いや、石段を転がり落ちて、ぶつけた手足はやっぱり痛いけど。

(心の方も、多少はね)

でも少しずつ、まるで港を出た船が、街から遠ざかって行くときのように、失恋の痛みは、どこか甘く懐かしく、追憶の世界へと遠ざかって行っているような気がした。

獣医さんの待合室はそこそこ混んでいた。壁にはリースが飾ってあり、低い音量でクリスマスソングが鳴っていた。いくらか待たされた後、淳と猫は診察室に呼ばれた。

先生は校長先生のような雰囲気の、優しげでにこやかなひとで、

「弱った猫ちゃんを保護されたそうですね」

どれどれ、と、診察台の上に載せたバッグから猫を出して引き寄せ、じっと見つめ、聴診器を胸に当てるなどしながら、淳から昨日と今日の猫のことについてあれこれと聞き出すようにした。猫は耳を倒し、嫌そうな顔をしながら、されるがままになっていた。

ふんふんとうなずきながら、先生は、傍らにいた動物看護師さんに声をかけ、あれこれと指示をする。

猫の首筋に、のみ取りの薬をつけた後、淳だけが外に出されて、血液検査のための採血が行われた。待合室で検査の結果が出るまでの間、他の飼い主たちと一緒に待つ。

やがて淳は、先生に呼ばれて、また診察室に入った。

猫は、先生と看護師さんに全身を綺麗に拭いてもらったのだろう。被毛の汚れが落ち、もつれた毛並みにもはさみが入ったようで、すっきりと見違えるようだった。

「ホワイトペルシャですね。歯の感じからして、わりと年かな」

先生は検査結果が細かく印刷された紙を手に、あれこれ説明してくれた。見た目がひどかったわりに、特に心配な数値はないという。よかったと思った。

「脱水症状がちょっと気になるから、今日は点滴だけしましょうか？」

先生はにこりと笑い、そして、一枚のチラシを「ところで」と、差し出した。

迷子猫捜しています、と、くっきりと文字が入っていて、白い猫の写真が大きくあしらってある。十一月二十四日にいなくなりました、とある。ちょうど一か月前だ。名前はノエル。記載された住所は比較的この近く。けれどいくらか遠いともいえるようなところ。飼い主さんの住むアパートの窓から、思わぬ弾みで外に出てしまったらしい。その後ずっと捜していますが、見つかりません、と。

自宅のパソコンで作ったとおぼしき、手作り風のチラシなのに、見やすく綺麗にできあがっている。たまに仕事でこういったものを作ることがある淳にはうらやましいようなレベルだった。こういうことが好きで、慣れている飼い主さんなのかな、と思った。あしらってある手描き風の猫のイラストも可愛くて巧い。

先生が、腕組みをしていった。

「――どうもこの子が、迷子のノエルちゃんじゃないかな、と思うんですが……」

写真の猫はいかにもペルシャ猫然とした猫で、置物のように美しく、凛《りん》としていた。青い目は宝石のようで、つやつやふっくらとした姿の、長い被毛は一ミリもつれたり汚れたりしていない。目の前にいる痩せてやつれた猫とはまるで似ていない。

けれど――先生が「ノエル」と猫の名前を口にしたとき、その白い耳がぴくりと動くのを、淳は見た。

淳は診察台に身をかがめ、猫にそっと呼びかけた。

「――ノエル。ノエルちゃんなのかい？」

青い目がぱあっと見開かれた。

首を伸ばし、丸い頭を、淳の胸元に、ぎゅっとこすりつけるようにした。嬉しそうに喉が鳴っている。

潤と先生と看護師さんは、互いにうなずきあった。これはもう間違いない。

一か月の間、なんとかかんとかして、生き延びてきたのだろう。時に通りすがりの親切なひとにご飯をもらったり、いろんな家や店の軒先を借りて眠ったりしながら。

「飼い主さんに連絡してみましょう。見つかった場所といまの様子からして、ノエルちゃんだとは思うけれど、とりあえず、一度見に来ませんか、と」

チラシに書かれた電話番号を見ながら、診察室の電話のボタンを、先生の指が、リズミカルに押す。

「すぐ通じると思いますよ。飼い主さん、この一か月、いつもいつもこの猫を捜してたから。今日もきっと町内のどこかを捜してます。――毎日、早朝から仕事に行く時間ぎりぎりまで。会社から走って帰ってきては、夜遅くまで。一生懸命、捜しててねえ。この病院にも真っ先にチラシを持ってきてくれて。とても熱心だから見つかると良いなあと思ってたんですよ」

看護師さんも、うんうんとうなずいていた。

淳は喉を鳴らすあたたかな猫の頭を、いつまでもなで続けた。

（よかったなあ。――でももうこれでお別れか）

一晩だけの付き合いだったのかと思うと、少しだけ寂しいような気もしたけれど、それよりも猫の飼い主がどうやら見つかり、この猫が家に帰れそうなことの方がずっと嬉しかった。

（――それにさ）

この猫の飼い主も、どんなに喜ぶだろう。

獣医さんが、ぽんと手を打っていった。

「クリスマスの奇跡って感じですねえ」

いやまったく。

淳も看護師さんも、にこにこと笑った。

ＢＧＭのクリスマスソングが、晴れやかに聞こえた。今日は良い日だなあ、と淳はしみじみと思った。ほんとうに良いクリスマスだ。


猫の飼い主は、まるで昨日今日の風のような勢いで、疾風のように駆けてきた。

受け付けに駆け込み、待合室を経由して、診察室に来る様子が、足音で把握できた。

それは、淳たち人間だけではなく、ずっと耳の良い猫にはもちろん当たり前のことで、診察室のドアが開き、飼い主（若い女性だった）が部屋に足を踏み入れたときには、白いボールが弾むような勢いで、猫は診察台から飛びおり、床を駆けて、その胸元へと飛び込んでいた。

「――ノエルちゃん」

飼い主は猫を受け止め、その腕で強く抱きしめ、猫はその顔に頭をこすりつけた。

飼い主はぽろぽろと涙を流し、ひたすらに猫を抱きしめ続け、再会した猫と飼い主は、もう永遠に離れないというように見えた。

先生が深くうなずいた。

「まあ、百パーセント、ノエルちゃんで間違いないですね」

淳も看護師さんも、うなずいた。

そして淳は、おや、と気づく。

飼い主の女性の、ふたつのお団子の形に綺麗にまとめられたその髪型に、見覚えがあるということに。

「――もしかして、文房具屋さんの？」

つい、声を上げる。

仕事の帰りにたまに万年筆のインクを買いに行く、商店街の老舗の文房具屋さんの店員さんだと思った。万年筆のカウンターにいつもいて、てきぱきと働く様子と笑顔が印象的だった。それとお団子にまとめた髪が。――これは一種の知的好奇心というか、どうやったらあんな風に髪がまとまるのだろうと不思議だったのだ。可愛くてよく似合っていたから、余計に気になったのかも知れない。いやむしろ、可愛いから気になっていたのかも。

けれど、いつもの制服姿でないのと、思いがけない場所で会った、たぶんそのせいで、気づかなかった。

お団子頭の彼女は猫に顔を舐められながら、目を丸くして、淳を見つめる。

「——あの、もしかして、お客様がこの子を保護してくださってたんですか？　やだ、どういう奇跡なんでしょう。すごい。信じられない」

涙を目にいっぱい溜《た》めながら、彼女は笑った。子どものような、楽しそうな、幸せそうな笑顔だった。きらきらした笑顔だな、と思った。

「わたしだけじゃなく、この子も助けてくださってたんですね。先ほどは、どうもありがとうございました」

「先ほど、って——？　あれ？」

「さっき公園で柊にひっかかってたのを助けてくださったじゃないですか？」

「えっ？」

いわれてみると、たしかに同一人物のような気がする。そうだ、茶色い瞳が同じだ。

「あ、でも、そばかす——赤毛のアンみたいな……」

いつも売り場にいる彼女の顔に、そばかすを見た記憶はなかった……ような。

彼女は恥ずかしそうに手で顔を押さえた。

「いつもはきちんとお化粧してます。そばかすは、ファンデで隠してるんです」

けれど、それにしても——。

「しかし、さっきとは、服が違うし、髪が——」

とまどいを言葉にしながら思っていた。そもそも女性というものは、髪型と服が違えば別人に見えるところがあるよな、と。

噴き出すように、彼女は笑った。

「さすがにさっきあのあと、家に帰って着替えました。セーターも長い髪も、草木に引っかかると危ないってわかったので、邪魔じゃない服と、いつものお団子にしたんです。今日は夜まで猫を捜す予定でしたし。猫がいそうなところには、植え込みやら生け垣やら多いんですよね。セーターの方があったかいんですけど……」

軽くため息をつく。今日みたいに寒い日は、ほんとはお気に入りのセーターに帽子で、もこもことしていたかったんですけど、と呟く。

「髪も、こんな風にお団子にすると寒いんですよ」

「でも、そのお団子、可愛いですよ」

つい、言葉が口をついて出た。何気なくいったのだけれど、自分の言葉を耳にしてから、淳は焦った。慌てて、フォローのつもりで、言葉を続けた。

「いや、あの、いつも、売り場にいらっしゃるとき、その髪型が可愛くて、いや、印象的でしたので――」

何を思うやら、彼女の色白の頰が染まった。

定まらない視線で、早口に、

「あ、ありがとうございます。お客様もいつも、眼鏡がお似合いだな、と思ってました。まるでそのう、昔の映画に出てきそうな方だな、って。ええと、ほら、新聞記者なんだけど、実は正体は正義のヒーロー、みたいな。眼鏡をはずして変身して、世界の平和を守る、スーパーマンみたいな——」

わたし、なにいってるんでしょう、と彼女は赤く染まった顔を腕の中の猫に埋めた。

「すみません、わたし、ちょっとその、オタク入ってて、勝手な妄想が。ごめんなさい」

腕の中の猫は幸せそうに、飼い主の顔を舐め続ける。猫の舌はざらついているので、たまに顔の傷にさわるらしく、彼女は、いたた、と声を上げて笑った。

BGMのクリスマスソングは平和に鳴り響き、獣医さんと看護師さんは笑みを浮かべる。

淳もちょっとだけ照れながら笑って、やっぱり今年のクリスマスは楽しいなあ、と思うのだった。

猫を連れて帰宅する段になって、お団子の髪の彼女は慌てたように、キャリーバッグを忘れてきてしまったといった。

嬉しさのあまり、身ひとつで駆けてきてしまいました、としゅんとした。

「すぐに持ってきます」

と身を翻そうとするので、淳は、

「良かったら」

と、自分が買ったキャリーバッグを、そのまま譲ることにした。

「ちょうどクリスマスですし、ノエルちゃんへのプレゼント、ということで——」

バッグに入れてもらった猫に、そっと話しかけた。

「一晩だけの友達だったけど、楽しかったよ」

ありがとう。きみがいてくれたおかげで、さみしいクリスマスにならなかった。


彼女の住んでいるアパートは、獣医さんから少しばかり遠くの場所にある。歩いて帰るにはやや遠く、かといってタクシーに乗るほどでもない、というような。ついでにいうと、この辺りの路地ではタクシーの姿を見かけることは滅多になかった。

相手が若い女性なので、部屋まで送る、というのはためらわれたけれど、雪でぬかるんだ足下が良くないこともあり、よければアパートのそばまで、自分が一緒にキャリーバッグを抱えて行きましょうか、と淳は申し出た。

実をいうと、猫と、それから彼女と別れがたい思いもあった。あともう少しだけ、話していたいような。

それは彼女の方もそうだったのかも知れない。ぱあっと明るい笑顔で、「ご迷惑でなければ」と、うなずいた。

道々、彼女は話してくれた。

猫は元々は彼女の猫ではなく、若くして亡くなった友人の形見だったということを。友人がペットショップで売れ残っていた猫を買い、ともに暮らしていたのだという。出会いがクリスマスだったから、ノエルと名付けられたそうだ、と。

「わたし、ずっと遠くの絶海の孤島みたいな島に生まれ育って、進学でこっちに来たんです。はっきりした夢があったわけじゃないけど、綺麗なものが好きで、何かそういう、素敵なものを作ったり、売ったりするお仕事に就きたいなって。それで、文房具屋さんに就職したんですけど、同じ職場にいた先輩が、彼女だったんです。彼女は画材の担当で、わたしも彼女もアニメや漫画が好きで、気があっちゃって。ふたりとも独り暮らしだったから、お互いの部屋にもよく遊びに行きました。彼女はノエルちゃんのこと、大切にしてて、宝物だっていってました。家族がいない自分のたったひとりの家族で親友だって。

でも去年、急な病気で彼女は倒れて、そのまま亡くなってしまって。わたしはノエルちゃんを引き取りました。きっと幸せにするからって、天国の彼女に約束して――」

彼女の目に涙が滲んだ。

「でも、そんな大切な猫を迷子にしてしまって、ほんとうに申し訳なくて、悲しくて。あとそれから思ったんです。わたしはノエルちゃんのことが、いまでは友達の猫としてだけじゃなく、自分の猫としても大切で可愛いけれど、宝物だけれど、ノエルちゃんにはその思いは通じてなくて、ずっと寂しかったのかなって。だから家出したんじゃないかって、思っちゃって」

「いや、そんなことはないでしょう」

淳は首を横に振って打ち消した。

「この猫は、あなたのこと大好きですよ。再会をあんなに喜んでたじゃないですか？」

猫なんて大体、いい加減でドジで、うっかり屋さんなんですよ、と淳は力説した。

自分の実家の猫も、ふらっと家を出たものの、道がわからなくなったようで帰れなくなり、家族総出で捜して、やっと見つけ出したんですよ、なんて話を。

「それで保護してくださった方のところに、感謝とともに迎えに行ったら、猫の奴、まるで悪びれずに、お迎えご苦労さん、って感じで、家族と一緒に家に帰ったんです。その家で可愛がられて、まるまると太ってました」

彼女は楽しそうに笑ってくれた。

あんまり笑顔が可愛らしいし、道はまだ先が遠そうなので、淳はゆうべの出来事を彼女に話した。もっとこのひとの笑顔を見たかった。

「――ゆうべは、ちょっと滅入ることがあって、石段から転げ落ちちゃいましてね」

「わあ。大丈夫でしたか？　あ、それで、眼鏡が……」

「そういうことです。俺――ぼくを守ってくれたのかも知れない。貴い犠牲でした」

しみじみと淳は呟く。

ケーキ屋さんでの会話と、ケーキを買った件を話すと、彼女は自分もそのお店に行ってみたいです、といった。甘いものが好きなのだという。特にバタークリームのケーキが。

目が輝いていたので、ほんとうに甘いものが好きなのだろうと思った。

そして、淳はいった。

「公園の地面に、誰かからのメッセージが――『メリークリスマス』って、書いてあったんです。『あなたに良いことがありますように』って。可愛いリースと天使とサンタの絵も。誰が描いたかわからないけれど、ここを通りかかる誰かのために書き残した、優しいクリスマスカードみたいだな、と思いました。けっこうゆうべはそれに助けられたところがあるんですよ。こんな風に誰かの幸せを祈れるひとがこの街のどこかにいるんだなって思ったら、ほっとしたのかも知れない。とても滅入っていて、あちこち痛いし、寂しい夜だったんですけど、なんだか救われて、幸せになれました。公園の地面に、あの言葉を書き残してくれた、優しい誰かのおかげです」

あの言葉を書いてくれた誰かは、良いクリスマスを送れただろうか、と思う。

叶うことなら、そのひとの幸福を祈りたい――。

何気なくそう言葉にすると、彼女がいった。

「たぶん――いいえとっても、そのひとは幸せなクリスマスを迎えてると思いますよ。断言できます」

「?」

笑顔で、軽く胸を張るようにして、彼女はいった。

「なぜって、あの落書きしたの、わたしですもの」

捜しても捜しても、大切な猫は見つからず、クリスマスイブの夜は凍えるように寒く。

彼女はひとりきりの暗い公園で、とても寂しかったのだという。自分も、そして猫も、世界にひとりぼっちのような気持ちになって。しゃがみこみ、涙していたら、ふと誰かに忘れられた白いチョークを見つけたのだという。

彼女はチョークを手に取った。

「あんまり寂しくて、悲しかったから、誰かにいってあげたくなったんです。『メリークリスマス』って。『あなたに良いことがありますように』って。もし今夜、クリスマスイブなのに、ひとりで暗い道を行くひとがいたら、せめてわたしが、そっと、この言葉を届けたいなって思ったんです」

「それは――どうしてですか？」

訊かなくてもわかるような気がした。

彼女は、笑顔で答えた。

「クリスマスイブの夜にこんなに寂しいのは、世界で自分とノエルちゃんだけでたくさんだって思ったのと、それから――わたし、ひとが幸せそうにしてるのを見るのが好きなんです。どんなに落ち込んでいるときも、寂しいときも、誰かが笑っているのを見れば、元気になれちゃうの。だから誰かを笑顔にしたかったのかも」

「――優しいんですね」

「そんなことないですよ。結局は、自分が幸せになりたい、元気になりたいだけですもの」

楽しそうに答える彼女に、どこかむきになって、淳はいった。

「優しいですよ、だからきっと――猫は見つかったんだと思います。クリスマスの、今日に」

ずっと昔に、おもちゃ屋の店長さんに聞いた言葉を思いだした。

『魔法なんてあるものか、って思っただろう？　でもね、この世界に魔法はあるんだよ。そんなに派手なものじゃない。気づかないひとは気づかないだろう、見えない魔法さ。けれどね、優しい心の持ち主を見守るささやかな魔法は、たしかに存在するんだよ。きっとね』

そうだ。魔法はあったのだ。

たとえば、もし淳がゆうべ猫を捜そうと思わなければ、猫はいまここにいなかっただろう。こうして飼い主と再会し、家路を辿ることはなかった。猫を捜していたとしても、その前にケーキ屋さんでクリスマスケーキを買っていなければ、猫は食欲がないままで、弱ってしまっていたかも知れない。

そして、この猫がいなければ、彼は今日、獣医さんに出かけようとは思わず、公園で柊の枝に引っかかった彼女に出会い、その窮状を救うこともなく、ひいてはこんな風に――楽しい会話を交わすこともなかったのだ。

いくつものささやかな選択肢があり、自分は運良くすべてにおいて、幸せにつながる方を選ぶことができたんだな、と淳は思い――誰かに感謝したくなった。――だって、まるで、魔法みたいじゃないか。優しい誰かの魔法で守られたような、そんなクリスマスじゃないか。

歩きながら「魔法」の話をすると、彼女は子どものように目を輝かせ、頬を火照らせた。

「わたしがゆうべチョークを拾ったのも、魔法の仕業かも」

楽しげに笑っていたけれど、その目元に新しい涙が浮かんでいた。

「何だか懐かしいです。友達から、同じような素敵な言葉をいわれたことがあるんです。あなたは優しいいい子だから、きっと幸せになる、わたしが保証するって。世界には神様や妖精や、そういう不思議な者たちがいて、優しい子は幸せになるようにってそっと見守っていてくれるからって。優しい奇跡を起こしてくれるからって。

もしも奇跡があるのなら、お客様に、わたしの書いた落書きが届いて良かったです。喜んでいただけてよかった。わたしが優しいからっていうより——だって絶対そんなことないですし——お客様が良いひとだったから、届いたんでしょうね」


結局、彼女のアパートのすぐ前まで、淳は猫を抱えて付き添って行った。

良かったら猫に会いに来てください、と、別れ際に、バッグを受け取りながら、彼女はいい、淳は、はい、と笑顔で答えた。

そして彼女は、そばかすの浮いた頬を染め、

「ええとその、やっぱりヒーローみたいな方だったんだな、と思いました」

唐突にそういうと、猫の入ったキャリーバッグを抱きしめて、風のように身を翻し、アパートの玄関に駆け込んでいった。扉が閉まってゆくその向こうから、深々と頭を下げ、手を振った。

「なんというか、猫みたいな、面白いひとだなあ」

淳はくすくすと笑い、そして、ゆっくりと家路を辿った。雪になる前に、部屋に帰ろう。てのひらも足腰も、いまだ全身に痛いところはあり、ひとりきりになってみると、すべての痛みが容赦なく返ってくるようなところはあるけれど、いまはすべてが愉快だった。鼻水が再び垂れてきていても。

「メリークリスマス、か」

すべてのひとにいいたいような気がした。

「良いクリスマスでありますように」

いくつもの奇跡や魔法が、あなたを守ってくれますように。

「ほんとうに、良いクリスマスだなあ」

淳は呟いて、足を進めた。

部屋に帰りついたら、熱いコーヒーでも淹れようかな、と思いながら。

静かにクリスマスソングでも聴きながら。

時を駆けるチイコ

「あとほんの少し売り上げがあったら、この店を手放すことを考えなくても良かったんだけどねえ」

いつもは明るいお父さんが、千世子《ちよこ》にそういって、悲しそうに笑った。

着慣れたコック服の腰の辺りを、疲れたように、とんとんと細い手で叩きながら。

「──それか、未来にもう少し希望があれば良かったのかなあ。この先はきっと良くなると、希望が持てるような何かがあれば……」

独り言のように付け加えた。

古い小さなレストランの中には、穏やかな二月の午後の日が、大きな窓から静かに射《さ》し込んでいる。木の床に光が当たって、つやつやと輝いている様子はいつも通りだ。窓の外に空が見えるのも、商店街の様子が見えるのも、いつもの通り。千世子が小さな子どもの頃から変わらない──いや、いま五年生の千世子が生まれる前、何十年も昔の、お父さんが子どものとき、このお店がこの場所に建った頃からたぶん変わらない、穏やかな午後の情景なのだろう、と、千世子は思う。

（違うのは――）

いまは亡きおじいちゃんが、昭和の時代にこの店を始め、経営していた時代には、この小さなレストランには、ひっきりなしにお客様が訪れ、店はいつも賑わっていたということ。このお店だけじゃなく、いまは静かなシャッター街になってしまった商店街にも、いつもひとがたくさん、楽しそうに歩いていたという。そう、その頃は窓から見る商店街の景色は、いまみたいにしんとしていなくて、賑やかだったんだろう。

（なんでこんなことになっちゃったのかなあ）

お店が悪いわけではない。たぶん。

一言でいうと、よく聞く、時代の変化のせいのような気がする。郊外に大きな駐車場を持つ巨大なショッピングセンターができて、古い商店街にお客様が来なくなった。これではいけないと、商店街の方もいろんな集客の工夫をしたけれど、どれもうまくいかなかった。ちょうどの店も、老いた経営者が次の世代と入れ替わる時期とも重なり、この先の商店街の未来に希望を持てなくなった店主たちは、次々に店を閉め、手放し始めて。あっという間の変化だった。気がつけば、小さなレストランの周りには、シャッターを下ろしたままの店だけが、ゴーストタウンのように並んでいて。

とり残された小さなレストランにお客様なんて、いよいよ来るはずもない。

お父さんとそしてお母さんは、このまま店を続けていくことを迷い始めた。そのタイミングで、遠くの街で大きなレストランを経営しているお父さんの古い友達が、うちの店を手伝ってくれないか、と誘ってくれた。お父さんは二つ返事で引き受けた。その電話がかかってきたとき、千世子はたまたまそばで見ていたから知っている。お父さんの顔は、ぱあっと明るくなり、ありがとうありがとう、と遠くにいるそのひとに、何度も頭を下げていた。

（よかったって思ったんだ。家族三人で喜んだよ。一家で路頭に迷わずにすんだのもほんとにありがたいことだしさ。――だけど）

遠い街に行くということは――この店を、古い小さなレストランを手放すということだ。それも、おそらくは、壊して更地にしないと売れないだろうとお父さんはいう。

千世子の家はけっしてお金持ちではなく、蓄えもほとんどない。財産といえば、この小さな古い店とわずかな土地だけで、閉店を決めるなら、手放してお金に換えるしかないのだ。

千世子はため息をつく。それがお父さんがため息をついたのと同じタイミングで、ちょうど厨房《ちゅうぼう》から顔を出したお母さんが、

「あんたたち、ほんとに仲がいいんだから」

と、噴き出すようにして笑った。「お客さんがいない間に、一休みしましょ。夜は混むかも知れないし」

お母さんの手には、湯気を立てる紅茶と、手作りのクッキーが載ったお皿があった。お母さんの焼くケーキやクッキーはいつも最高に美味しい。シフォンケーキなんて天下一品だ。でもだいぶまえから、焼いてもお客様に出せないままになることが増えてきた。

「そうだね、いまのうちに休もう」

お父さんが笑う。目尻に深い皺《しわ》が寄る。笑顔だけれど、やっぱり悲しそうなまなざし。

「わあい」

千世子も喜んだそぶりで、お母さんに駆け寄りながら、今夜もお客様はあまり来ないんだろうなあ、と内心でため息をついていた。

（土曜日なのに）

もし、閉店が決まったら。そしてこの店がなくなったら。この町のひとびとは、お店がなくなったことを寂しく思ってくれるだろうか。お母さんの作るお菓子や、お父さんの美味しい料理とお別れになることを悲しんでくれるだろうか、と思った。

そして――古くて小さいけれど、何十年もこの町にあった綺麗で可愛いレストランがなくなったことを悲しんでくれるだろうか、と思った。

ふと、誰かの視線を感じたような気がして、千世子は振り返った。

白い壁に油彩で描かれた、古く大きな絵がそこにはある。優しいまなざしの女の子が、そこからこちらを見つめている。

いまは亡きおじいちゃんが、若い頃に描いた絵だった。ずっと昔に、この年齢の頃に亡くなった、おじいちゃんの妹の絵だという。

千世子より少し年上の、中学生くらいの三つ編みの女の子が黒猫を抱いている絵だった。それが絵だということを忘れるくらい、自然な感じに、その子はそこにいる。

綺麗な着物を着て、うっすらと微笑んで、猫を抱きしめている。可愛いけれど、少しだけ悲しそうな、泣きそうな笑顔に見える。

じっと見つめるまなざしのせいか、何かいいたいことがあるように、見えた。


絵のひとの名前は千代子《ちよこ》さんという。それはそれは賢くて優しくて、おじいちゃんの自慢の妹だったのだそうだ。

千世子の名前は、このひとからもらったのだと聞いたことがある。

黒い瞳も、ふっくらした色白の頰も、自分と似ているように思えることがある。生まれ変わりみたいだね、っていわれたこともある。そんなことあるのかな、って自分では思うけれど。だからなのか、この絵を見ていると、他人のような気はしなかったりする。

千代子さんは、おじいちゃんに、チイコと呼ばれていたのだそうだ。千世子も、お父さんとお母さんに、ときどきそう呼ばれる。おじいちゃんも、そんな風に呼ぶことがあった。

おじいちゃんは、千世子のことをとても可愛がってくれたけれど、チイコ、と呼ぶとき、いなくなった妹のことを思いだして、そのひとに呼びかけるような気持ちになることもあったのかな、と、いまの千世子は思うことがある。

おじいちゃんと千代子さんは、昭和の時代の戦争で、家族と住むところをなくした戦災孤児で、ふたりきりで生きてきたのだという。いま店がある場所に、戦争の前には小さな食堂があり、そこがふたりの家だった。おじいちゃんは、いろんな店で働いてお金を貯《た》め、料理の修業をして、かつて自分の家と食堂があった懐かしい場所に、レストランを建てたのだ。でもそれには長い時間がかかり、からだの弱かった千代子さんは、亡くなってしまっていた。

「この店を千代子に見せたかった」

そう思ったおじいちゃんは、せめて、と、千代子さんの絵を店の壁に描いたのだという。姿だけでも、この店に立てるように。

おじいちゃんは、絵を描くのが巧かった。もし、戦争がなかったら——戦災孤児にならず、幸せな子どものままでいられたら、漫画家になりたかったといっていた。

実際、千世子の家の屋根裏部屋には、おじいちゃんの残した絵がたくさんある。スケッチブックや大学ノートに描かれた絵や漫画は、どれも上手で、プロのひとが描いたもののようだった。

それから屋根裏部屋には、おじいちゃんが集めていた古い漫画の単行本もたくさんあった。おじいちゃんは、昔の漫画家、手塚治虫《てづかおさむ》に憧れて漫画を描き始めたのだそうだ。同じようにそのひとに憧れて漫画家になったという、石ノ森章太郎《いしのもりしょうたろう》や赤塚不二夫《あかつかふじお》、藤子不二雄《ふじこふじお》なんて先生たちと同期みたいな、そんな漫画少年だった、らしい。昭和の時代、まだ日本が貧しかった頃に、同じように漫画家を目指した少年、そして少女はたくさんいたらしい。

令和のいま、やっぱり絵を描くのが好きで、漫画家を夢見る千世子には、おじいちゃんの絵の巧さがわかってしまうし、こんなに上手なのにプロの漫画家になれなかったのは、勿体ない、とやはり思ってしまうのだ。

おじいちゃんの絵は、いかにも昭和の漫画らしい、まるっこくてシンプルな、優しい感じの絵だけれど、生き生きとしていまにも動き出しそうで、お話も面白かった。夢と浪漫と冒険がいっぱいで、そして、命の大切さと平和を願う熱い心が描かれていた。これがおじいちゃんのいちばんの願いだったのかなあ、と、千世子は思う。

そして何より、おじいちゃんの絵や漫画には、自分は描くことが大好きだ、という想《おも》いが、いっぱいに溢《あふ》れていた。

「ああ、漫画は大好きだったよ。絵を描くことも、お話を考えることもね。漫画家になりたかったなあ。もちろん、料理も大好きだけどね。お客様とお話しすることも。このレストランを持ちたいというのは、生涯の大切な夢だった。つまり、おじいちゃんには、叶えたい夢がふたつあったんだ。贅沢《ぜいたく》な話だよね」

いつだったか、おじいちゃんがそういって笑ったのを、千世子は覚えている。

おじいちゃんは店のことでずっと忙しかったので、結婚が遅かった。子どもが生まれるのも遅かったので、お父さんは年をとってから生まれた子どもだった。

千世子が生まれて育った頃には、おじいちゃんはもうずいぶん年をとっていた。同い年だったというおばあちゃんはずっと前に亡くなっていた。それからおじいちゃんが亡くなるまでの間はそう長くなく、千世子にはおじいちゃんの記憶はあまりない。

けれど、大きなあたたかい腕でぎゅっと抱いてくれたこと、高い高い、を何度もしてくれたこと、手作りの旗が飾ってある、素敵なお子様ランチを作ってくれたこと、誕生日やクリスマスには可愛いケーキを焼いてくれたこと——絵本の頁をめくるように、あたたかな思い出の欠片がいくつもある。

特にくっきりと覚えていることがある。おじいちゃんはいつも笑っていて、幸せそうだったけれど、ときどきひどく寂しそうだったこと。ひとりでぽつんと店にいて、椅子に座っていたり、立ち尽くして、千代子さんの絵を見ていたり。そんなことがときどきあったということ。そんなときおじいちゃんが何を考えていたのか、聞いたことがあったから知っている。ひとりぼっちのおじいちゃんが心配で、どうしたの、と訊いたら教えてくれたのだ。

おじいちゃんは千世子を膝に乗せ、その頭をなでながら、少し笑って、いった。

「おじいちゃんは贅沢だからね。大切な夢をひとつ叶えて、いま充分幸せなのに、つい考えてしまうんだ。——もし、料理人になるのではなく、絵の世界に進んでいたら、どんなにすごい作品を世に残せただろう。たくさんのひとに喜ばれ、愛されるような漫画を描けたかも知れない。そしてもうひとつ、考えても仕方がないことを思ってしまう。千代子が——妹の千代子がね、元気でおとなになるところを見たかったなあ、なんて、つい思ってしまうんだ。ずっと昔に死に別れたのにね。何年経っても、何十年経っても、諦めがつかない。たぶん、幸せにしてやれなかったから、後悔し続けてしまうんだろうね」

幸せにしてやりたかったんだよ、とおじいちゃんがいった、その泣きそうな声を、千世子はいまも思いだせそうな気がする。

「『お兄ちゃんの漫画が大好き。たくさんたくさん読みたいし、世界中のひとに読ませてあげたい』——それが自分の夢だって、そんな風にいってくれていたのに、わたしはチイコの夢を叶えてあげられなかったんだなあ」

大切なお店を守るために、おじいちゃんは漫画を描き続けることができなかったのだ。漫画家になる夢も、封印してしまった。

おじいちゃんには若い頃、運命の分かれ道があったのだ、とお父さんに聞いたことがある。

ずっと昔の、まだ千代子さんが生きていた頃、ふたりが十代だった頃の話だ。

その頃、おじいちゃんは駅前のホテルのレストランで給仕として働きながら、調理の修業と勉強をしていた。

ある日、そのホテルに泊まって仕事をしていた、売れっ子の漫画家の先生に、ふとしたことから気に入られた。漫画を描いている、というと見せてごらんと声をかけられ、おじいちゃんが恐縮しながら原稿を見せると、うまい、才能がある、きみ、漫画家にならないか、と熱心に説得された。

「明日の午後、ぼくは汽車に乗って東京に帰るが、きみ、一緒に来ないか？　出版社に連れて行って、編集者に売り込んであげよう」

おじいちゃんは迷いながら、家に帰った。有名な漫画家に自分の漫画を褒めてもらったことは夢のようだったし、デビューできるかも知れないと思うと、心臓がどきどきして、口から飛び出しそうだった。

けれど、ホテルの綺麗な部屋で、漫画家はいったのだ。

「プロの漫画家としてやっていくなら、いずれは東京へ出ないといけないよ」

昔はそうだったのだろう。そして、おじいちゃんには、東京に憧れがあった。若手漫画家が集まる、トキワ荘のようなところで、漫画仲間と出会ったり、切磋琢磨《せっさたくま》して描いていくことができたら、なんて夢想するのは素敵なことだった。

けれど——その道を選べば、焼け跡に店を建てる、という夢からはきっと遠ざかる。大好きな故郷の町ともさよならになるかも知れない。

おじいちゃんは迷い、千代子さんに相談した。

千代子さんは笑っていったそうだ。東京に行くべきだ、と。

「いつもいってるでしょう？　わたしはお兄ちゃんの漫画が大好きで、たくさんたくさん読みたくて、世界中のひとに読んで欲しいと思ってるって。それにはやっぱり、漫画家さんにならなくちゃ」

自分は遠縁の親戚を頼っても良いし、一緒に東京に行ってもいい、といった。

けれど、おじいちゃんは迷った。

からだの弱い妹と離れて暮らすのは心配だし、かといって、慣れない都会に連れて行くのもどうだろう。それでこの子を幸せにできるのだろうか。

両親を亡くしたふたりは、この世でふたりきりの家族だった。離れて暮らすのは嫌だったし、亡き両親に誓って、妹を不幸にするわけにはいかなかった。

妹は自分と同じように、この町を愛している。このままこの町で幸せに生きていくべきなのではないかと思う。それなら、自分だって、そのそばにいるべきだ。

「お兄ちゃん、とにかく一度、その漫画家の先生と東京に行ってみたら？　出版社のひとに、お話だけでもうかがうといいと思うのよ」

しかし懇々と説得され、おじいちゃんは漫画家の先生と一緒に、出版社を訪ねようとそれだけは、辛うじて決めた。――妹の説得に負けたのと、声をかけてくれた漫画家の先生に申し訳なかったのと、やはり一度くらい、憧れの出版社という場所に行ってみたかった。

けれど、その翌日の朝。千代子さんはひどい熱を出した。布団の中で、赤い顔をした千代子さんは黒猫を抱えて笑ったそうだ。

「わたしは、チイコと寝てるから大丈夫。わたしが熱を出すなんて、いつものことじゃない？　さあ、お兄ちゃん、先生と東京に行ってらっしゃいな」

けれど、おじいちゃんは家を出ることができなかった。自分が家を空けている間に、妹が具合が悪くなって、死んでしまったらどうしようと怖くなったのだ。そうしたら自分はこの世界でひとりぼっちになってしまう。迷っているうちに時間は刻々と過ぎてゆく。

おじいちゃんは、その日、ホテルに行かなかった。

携帯電話どころか、家に電話がないことも多かった時代のことだ。連絡のとりようがないままに、漫画家の先生は東京に帰ってしまい、そのひととおじいちゃんの縁は切れてしまった。

もしそのとき、おじいちゃんがその先生と東京へ行っていたら――もしかしたら、おじいちゃんは漫画家になっていたかも知れない。

お父さんは子どもの頃、おじいちゃんに、勿体なかったねえ、といったりしたけれど、おじいちゃんはただ笑うばかり。

「そういう運命だったんだろうね」

と、いうだけだったそうだ。

おじいちゃんは諦めがついたかも知れないけれど、千世子のお父さんやお母さん、そして千世子は、勿体なかったよね、とたまに話していた。

おじいちゃんの夢も才能も、優しくて素敵な漫画も、世界中のひとが知らないまま、いつか世界から消えていってしまうのかな、勿体ないね、と。

（このレストランを壊すなら、この絵ともさよならなんだな。壁と一緒に、千代子さんの絵も、壊されてしまうんだ）

古いレストランのたくさんの思い出と一緒に。

そう思うと、千世子の胸はぎゅっと痛んだ。

千世子の家はレストランの上の二階にあったから、小さい頃からいつも、千世子はレストランと一緒に暮らしていた。

二階にも聞こえてくる、店に流れる音楽を聞き、ドアベルの鳴る音や、お父さんやお母さんやおじいちゃんの、いらっしゃいませ、と張り切った声や注文を確認する声を聞いて育ってきた。お客様たちの笑い声や食器がふれあう音を聞き、流れてくる料理の美味しそうな匂いを、オムレツやハンバーグやシチューの匂いを嗅ぎ、コーヒー豆が挽《ひ》かれる音を聞き、香りを嗅いで、ごちそうさまでした、美味しかった、という声を聞いて——そんな中で暮らしてきたのだ。

(何もかも、なくなっちゃうんだな)

レストランも、たくさんの思い出も。

自分や両親のそれまでの日々が壊されてなくなってしまうようで、戦争で家族や家をなくして頑張って生きてきたおじいちゃんの想いや、おとなになる前に死んでしまった、千代子さんというひとがいたことや——そのすべてが壊されて消されて、なかったことにされてしまうようで、ひたすら胸が痛い。

「ねえ、お父さん、お母さん、やっぱり、このお店とさよならしなくちゃいけないの？」

訊いても仕方がない、答えはわかっていると思いながらも、千世子はつい訊《たず》ねてしまう。

両親は何も答えずに、悲しそうに笑って、少しだけ、うなずくようにした。

しょぼんとうつむくと、ふと柔らかく手にふれるものがあった。

あたたかくて優しく、滑らかな手ざわり。

黒猫だった。黒猫のチイコが千世子のすぐそばにいて、手に頭をこすりつけながら、心配そうに見上げていた。金色の目が、じっと千世子を見つめている。

お母さんが、あらまあ、と声を上げる。

「チイコったら、いつのまに」

ちょっとだけ眉毛が怒っている。急ぎ足でチイコに近づくと、お腹の辺りを抱き上げて、二階への階段を上がってゆく。

お父さんがやれやれというように千世子を振り返り、苦笑する。

「困ったチイコだなあ。ほんとに神出鬼没なんだから」

猫だもの、ほんとはお店の方へ来てはだめなのに、チイコはときどき、いつの間にか、店の方へ降りてきていることがある。

それが、神業というか、階段の上のドアはいつもきちんと閉めているのに、ひとりでどうやってか降りてくるので、神出鬼没のチイコ、と呼ばれているのだった。

「ドア、ちゃんと閉まってたと思うよ。きっとチイコは魔法でも使ったんだよ」

千世子は肩をすくめる。黒猫って何かそういう、魔法でも使えそうなところがある。

特にチイコは。

チイコは、不思議なところの多い猫だった。

出会いは雨の午後だった。店の前にひとりぼっちで座っていたところを千世子が見つけた。降りしきる雨に濡れながら、じっと店を見上げている様子が、千世子を振り返って、嬉しそうに飛びついてきた様子が、まるで知っている家に帰ってきた猫のように見えて、千世子は猫をそのまま、二階に連れて上がってしまったのだ。

「だめだよ、可哀想だけれど、うちはレストランだもの、猫は飼えないよ」

最初、お父さんはそういったけれど、千世子がどうしても、と頼むうちに、

「ちゃんと世話をするなら良いよ」

と認めてくれた。

「店には降りてこないようにするのよ。猫好きのお客様には喜ばれるかも知れないけれど、お料理に毛が入ったりしたら、衛生的じゃないお店だっていわれちゃうから」

お母さんも、やれやれというように、うなずいてくれた。

ふたりとも元々猫が好きだったし、滅多に我儘《わまま》をいわない千世子が頼み事をした、ということに驚いたのかも知れない。

その辺、千世子は少し変わった子どもだった。欲しいものも特になかったし、毎日学校に行ったり、友達と遊んだり、両親と仲良く暮らしたり、その繰り返しで充分楽しい、生きているだけで幸せだなんて思えてしまう、そんな子どもだったのだ。

だけど、その黒猫を見た途端、どうしても抱きしめたくなり、抱きしめたら、二度と離れたくない、そんな気持ちになったのだ。ずっと離れていた大切な友達や家族と巡り会えたような気持ちになった。

この子知ってる、と思ったのだ。初めて会った猫なのに。

チイコの胸には白い星の形の模様があった。それが昔からずっと見ていた、千代子さんの肖像画に描かれた猫と同じ模様だったから、そう思えたのかも知れない。金色の目の色も優しいまなざしも同じだったから、そう思ったのかも知れない。

ずっと昔に生きていた、千代子さんの黒猫と同じ模様の猫。胸に白い星を持つ黒猫。だから、千世子はその黒猫にも、同じ名前をつけた。チイコ、と。チイコもその名で呼ばれると、迷いもせずにニャアと返事をして、寄ってきた。

千代子さんが大切にしていた猫、一緒に肖像画に描かれた猫は、チイコという名前だった。千代子さんがつけたというそれは、おじいちゃんが妹を呼ぶときの名前でもあった。つまり、千代子さんは自分の呼び名を、自分の猫につけたのだ。

「おじいちゃんが、チイコ、と呼ぶと千代子さんと猫が一緒に振り返ったんだそうだよ」

なんて話を、お父さんから、千世子は聞いたことがある。

黒猫のチイコは、昔、千代子さんが亡くなった頃、どこかへ姿を消したらしい。猫は死ぬときに姿を隠すというから、きっとあの猫もどこかで死んだのだろう、と、おじいちゃんはさみしそうにいっていた。

「あの猫は千代子が大好きだったから、あとを追ったのかも知れない」

だから絵の中ではずっと一緒にいられるように、千代子さんの胸元にチイコを抱かせてあげたのだろう。腕の中で黒猫は幸せそうな顔をして、金色の瞳で千代子さんを見上げていた。

「この店もだいぶ古くなったから、二階のドアも勝手に開いちゃうのかも知れないな。今度、店が休みの日に修理して……」

といいかけて、お父さんは口をつぐんだ。

古いドアを修理しても、どうせ壊してしまう店なのだ。

お父さんは、そして、ふと思いついたように、楽しげにいった。

「そうだなあ。最後の手段として、お百度参りでもしてみるかな」

「――お百度参り?」

千世子は首をかしげ、すぐに思いだした。

それはたしか、大切な願い事を叶えてくださいって、神社に百回お参りに行くことだ。一日に百回お参りするか、一日に一回、百日かけてお参りするか、そのどちらかをするものらしい。はだしでお参りすると、願い事が叶う確率が上がるとか、そんな話を学校で聞いたことがある。

「この店を手放さなくてもいい道が開けるように、ここはひとつ、猫神さまの神社にお願いしてみるってどうかなあ、と思ってさ」

お父さんは楽しそうに笑う。

千世子の町は、昔は養蚕で栄え、蚕を鼠《ねずみ》から守るために猫が大切に飼われ、扱われていたのだそうだ。猫たちに感謝し、鼠の害を防ぐために、猫神さまと呼ばれている猫を祀《まつ》った神社が建てられた。

その神社が、実は昔から、お百度参りで有名らしいのだ。町の七不思議みたいな感じで、小学校でもたまに話題になる。

「猫の神様だから、猫が好きなひとの願い事だと、特に聞いてくれるらしいよ」

そんな風にもいわれている。

千世子はそういう話はちょっと怖いし、そこまで大切な願い事はなかったから、お百度参りをしたことも、しようと思ったこともなかった。けれど学校では、あの子もこの子もしたことがあるらしい、友達や友達の友達はしてみたらしい、と噂になっていた。——ただみんな何回目かで飽きてしまったり、怖くなったりして、百回お参りに行くことができずに途中でやめてしまう。だから、お百度参りがほんとうに効くものなのかどうかはわからない、といわれてもいるのだった。

だけど、ずうっと昔は願いが叶ったこともあるそうだよ、とささやかれてもいる。

それから、これは可愛い話だと千世子は思っているのだけれど、何でも猫神さまの神社では、人間だけではなく、猫の願い事も聞いてくれるらしい。

猫が百回神社に通っても、神様は願い事を聞いてくれる。

その話を聞いたとき、千世子は、

「そういえば、猫ははだしだものね」

と思ったのだった。だって猫は靴は履かずに、肉球の足で歩くのだもの。

そして、お百度参りをする猫と、願いを叶えてくれる猫神さまの姿を想像して、わあ、可愛い、と思わず絵を描いて、チイコに見せたりしたのだった。

チイコは目を輝かせて、ニャア、と鳴いてくれた。きっと上手だといってくれたのだと千世子は思っている。

お父さんは、楽しそうに話し続ける。

「猫神さまの神社に百日お参りに行っても、一日で百回お参りしても良いんだよなあ、たしか。それなら、気合いを入れて、一日で百回コースにしてみるってどうかなってさ。今度の休みの日にさ。――二月でちょっと寒いけど、がんばってはだしで行ってみるかな」

お母さんが、階段を降りてきながら、笑う。

「そういうのを、困ったときの神頼み、っていうのよ」

「ああそうか。うん、まあ、たしかにそうだな」

お父さんは苦笑する。「だけどさ、こんなときくらい、神様に助けてくれってお願いしてもいいんじゃないかなあ。これまでは、どんなに困ったことがあっても、苦しいときも、自分たちだけでなんとかしてきたんだし。オヤジの代からそうだったんだ。こんなお手上げのときくらい、神様に頼ったって……」

そのとき、ドアのベルが鳴って、久しぶりのお客様が顔をのぞかせた。

「いらっしゃいませ」

お父さんとお母さんの表情が輝き、千世子は両親の後ろからお客様に挨拶をすると、足音を忍ばせて、そっと階段を上がった。つい足が弾んでしまいそうになるのを、なんとか抑えながら。

お客様がいるというだけで、店の中が明るくなる。いいものだなあ、と思いながら。

二階に上がると、黒猫のチイコが、ニャアニャア鳴きながら、駆け寄ってきた。

「お店に行ったらだめだっていったでしょ？」

軽く叱っても、チイコはわかっているのかどうなのか、ただ嬉しそうに喉を鳴らしている。

「――上に行こうか？」

チイコを誘い、お気に入りのクッションと毛布を抱えて、千世子は屋根裏部屋へと上がった。

天井は低いけれど、広々とした空間には、作り付けの本棚と棚が並んでいて、漫画の本がぎっしり詰まっている。床の上には柳行李《やなぎごうり》がいくつも並べられていて、そこにはおじいちゃんのスケッチブックや、昔描いた漫画の原稿が入れてある。

小さな窓に架かったカーテンを開けて光を入れると、二月の午後の明るい光とあたたかさが入ってくる。

千世子は、居心地の良いこの空間で、古い漫画を読んだり、おじいちゃんの残した原稿を読んだりするのが小さな頃から好きだった。

「今日は何を読もうかな」

この部屋にある漫画も、おじいちゃんの原稿も、ずうっと前に読み尽くして、何回も何回も読んでいるけれど、不思議なくらい飽きなかった。

「今日の気分は、『魔女っ子チイコ』かな」

柳行李を開けて、古いスケッチブックと漫画の原稿を大切にとりだした。

千代子さんをモデルにしたような、三つ編みの女の子の魔法使い（人間の世界にやって来た、魔法の国の王女様だ）が、誰かを幸せにするためにいろんな冒険をしたり、不思議な魔法を使ったりする漫画だ。おともの黒猫も可愛くて、千世子のお気に入りだった。

お百度参りの話を聞いたからだろうか、何かそういう、奇跡とか魔法とか、そんなお話にふれたかったのかも知れない。

「ほんとうにそういう、願えば叶う奇跡とか、あればいいのにな。魔法使いのチイコちゃんがいればいいのに」

一生懸命、このお店を守ってきた両親や、おじいちゃん、ずっと昔に亡くなったおばあちゃんが可哀想だと思った。千代子さんも、そして、商店街も、この町のひとびとみんなが可哀想だ。

「みんな、がんばって、一生懸命生きてきたのに、どうして、この町はこんなになっちゃったんだろう」

どうして、千世子の町は変わってゆき、消えていこうとしているんだろう。時代の流れとか、そういうことは頭ではわかっていても、やっぱり悲しくて、寂しかった。


『魔女っ子チイコ』の漫画の舞台は、千世子が、そしておじいちゃんが暮らしてきたこの町だ。物語の始まりは、遠い昔の、おじいちゃんが子どもだった頃の世界。

戦争で親を亡くした子どもたちや、焼け跡が出てくる。ひとびとの暮らしは貧しく、みんなお腹を空かせていて、ただ戦争が終わって良かったと、表情だけがほっとしている。

そこで生きる、たくましくも寂しい子どもたちや、新しい時代を生き抜こうとするおとなたちのために、チイコは魔法の力を使い、みんなを幸せにしてあげるのだ。

チイコが見守る中で、町は少しずつ復興してゆく。家々が建ち、みんなの服装が綺麗になり、表情が明るくなって、にぎやかな商店街に明るい光が灯るようになる。

魔法のほうきに乗ったチイコは町の灯りを見下ろして、「よかったわ」と笑うのだ。

「幸せな町になって、よかった」

チイコが愛《いと》おしそうに見下ろす、商店街の街角も、店の一軒一軒も、千世子はみんな知っている。おじいちゃんが愛情を込めて、優しい手でなでてゆくように描いてきた町並み、そのひとつひとつに包まれ、守られるようにして、千世子は育ってきた。

幸せそうな商店街のひとびとの笑顔と一緒に、日々暮らしてきたのだ。この毎日がずうっと続いていくと思っていた。

(なのに――)

漫画の中にある、あの店もこの店も、いまはシャッターが下り、閉店して駐車場になり、みんな消えていってしまった。ドミノ倒しみたいな、あっという間の変化だった。

おじいちゃんは、いまの町の様子を知らないままで天国に行ってしまったけれど、それはもしかしたら、幸せなことだったのかな、と、千世子は少しだけ、思った。

おじいちゃんも、魔女っ子チイコも、いまの町を知らない。――この漫画の中にも出てくる、小さな可愛いレストランが取り壊されてしまうということを知らない。

「おじいちゃん、ごめんね。ごめんなさい」

ふっと目に涙が溢れてきた。この店を守れなくて、ごめんなさい。

原稿に涙が落ちてしまいそうで、千世子は慌てて、涙を手で拭った。

猫のチイコが心配そうに千世子にすり寄り、そっと濡れた手を舐めてくれた。

屋根裏部屋で、毛布にくるまりながら、あたたかな日差しに包まれて漫画を読んでいるうちに、千世子は眠くなってきた。

下の階からは、かすかな店の賑わいが聞こえる。お客様がいるというのは、いいことだなあ、と、噛《か》みしめながら目を閉じた。

黒猫のチイコが、そっと寄りかかってきて、喉を鳴らしながら丸くなった。

「――ねえ」

誰かが肩をそっと揺すったような気がした。

「ねえ、うたた寝をしていると、風邪を引くわよ」

優しい声が耳元で聞こえたような気がして、千世子は目を開けた。

誰もいない。

気がつくと、もう夕暮れ時になっていて、屋根裏部屋の中は薄暗かった。

空気がひんやりと冷えていて、肩が寒い。

千世子は目をこすりながら、身を起こした。

部屋の中を見回しても、やはり誰もいない。

誰かの声が聞こえたと思ったけれど、気のせいだろうか。

「女の子の声だったたと思うんだけど……」

夢だったのかなあ。

不思議な寒気が背中を走った。

「ああやばい、ほんと風邪引いちゃったかも」

からだが震えるくらいに、冷えていた。

猫のチイコが心配そうに、見つめてきた。


千世子はとても健康な子どもで、風邪なんて滅多に引かない。お腹を壊すこともない。ついでにいうと、運動神経も良くて、足だって速い方だ。運動会で走ればきまって一等賞。風を切って走る。小さい頃から、近所のひとやお客様たちに、「いつも元気な千世子ちゃん」なんていわれてきた。

なのに——。

その夜突如として、千世子は熱を出し、顔を赤くして寝込んでいた。

お父さんとお母さんが、子ども部屋のベッドのそばで、心配して、

「千世子が熱を出すなんて、珍しいねえ」

ふたりでおろおろと顔を見合わせた。

「大丈夫だよ」

千世子は笑った。「ちょっと風邪を引いただけだよ。あっ、うつるといけないから、そばに来ちゃだめだよ。わたしは、チイコと一緒にあったかくして寝てるから、ふたりともお店にいて」

風邪だったとして、両親にうつるのも困るけど、そこからまた、お客様たちにうつしたりしたら大変だ。

「そんなこといったって」

お父さんが心底心配そうにいうのに、

「ね、お父さん、わたし、お腹空いたから、美味しい卵がゆ作ってほしいな。お漬物も添えてね。それ食べて寝ていたら、きっとすぐに治る予感がするんだ」

そうかそうか、といいながら、お父さんは下のレストランへと階段を降りていった。

残ったお母さんに、千世子は頼んだ。

「お母さん、わたし、熱い淹れたての梅昆布茶が飲みたいなあ。とっておきの羊羹《ようかん》も添えてくれる？」

「わかったわ。ちょっと待っててね」

お母さんも軽く手を振ると、ベッドのそばを離れてくれた。

「――千世子ったら、子どもなのに渋いものが好きなんだから」

階段を降りてゆく足音と一緒に、ため息交じりに笑うような声が聞こえてきた。

へへっと千世子は笑った。

「おせんべいも頼めば良かったかな」

チイコの分に猫のおやつも頼めば良かったね、と、枕元にいるチイコにいうと、チイコも猫の笑顔で、髭《ひげ》を上げて笑った。いつだってそうだけど、チイコは人間の言葉がわかってるような気がする。


熱は高いけれど、食欲はばっちりで、具合が悪いところも痛いところもなかった。ただふわふわとからだが軽くて、歩こうとすると、天国の雲でも踏んでいるように、足下がおぼつかない。漫画でも読もうかと思っても、疲れてしまって続かない。だからベッドで寝ているしかなかった。天井を見上げているしかない。

「そうか、普通のひとは熱を出すと、こんな気分になるんだ」

千世子には珍しい経験なので、不思議で面白かった。

それと眠たい。ちょっと目を閉じると、うとうとしてしまう。次に目を開けたときには、びっくりするくらいに時間が経っている。

いまもそうだ。

気がつくと、枕元のテーブルには、梅昆布茶が入った湯飲みと、羊羹が載った小皿のお盆が置いてあった。卵がゆが入ったお茶碗《ちゃわん》が木のスプーンを添えて、そばに並んでいる。綺麗にラップがかけてある。

両親がそれぞれに持ってきて、でも千世子が寝ていたから、起こさないようにそっと置いていってくれたのだろう。――だけど、

「まるで魔法でできあがったみたい」

一瞬でできあがったみたいに思える。

千世子は笑ってしまう。

「でなかったら、時を越える魔法で、未来に来たみたい」

こんな不思議な気分が味わえるのなら、たまには熱を出すのも良いなあ、と千世子は少しだけ思ってしまう。

「たまにはね。ちょっとだけならの話だよ」

言い訳するように、チイコにいった。

思いだしたのは、千代子さんのことだ。病気がちだったという千代子さん。優しくて賢かった、おじいちゃんの妹。

千代子さんもこんな、ふわふわした気分で、いつも布団に寝ていたのだろうか。黒猫のチイコと一緒に。天井だけを見上げて。

たまにとか、ちょっとだけじゃなく、いつもこんな風に熱を出して寝込んでいたのなら、辛《つら》かっただろうなと思う。

ため息をつくと、チイコがそっと肩の辺りに頭をこすりつけた。

そんなことを考えながら眠ったからなのか、千世子は不思議な夢を見た。

夢の中では、千世子は千代子さん――おじいちゃんの妹だった。

知らない古い家の（たしか長屋という家の造りだったと千世子は夢の中で思う。昔の漫画で見たことがある）畳の部屋で、布団にくるまって、ひとりで寝ていた。

冬の昼下がりだと思った。窓から射し込む日がそんな感じだし、部屋の空気がひんやりと冷たい。だけど千代子さんの布団は、お日様によく干されて良い匂いがしていたし、枕元には黒猫のチイコが丸くなってあたためていてくれるから、寒くはなかった。それに、今日も熱が高いから、多少寒いくらいでちょうど良い、と千代子さんは思っていた。

見上げると天井には染みがある。電灯は丸い形の電球に丸い笠《かさ》がついたものだ。レトロな形だけれど、小さな明るい灯りが灯ると千代子さんは知っている。

千代子さんが小さい頃、戦争が続いていた頃は、夜、部屋に灯りを灯すことができなかった。灯すときは、布で覆って光を隠したりした。夜、敵機が来襲したときに、家々から灯りが漏れていれば、そこにひとがいる、町がある、と知れて、攻撃の目標になってしまうからだ。

でももう戦争は終わって、灯りも灯せるようになった。夜の町は明るくなった。昔と同じに。死んでしまったひとたちは帰ってこないけれど、でも町は蘇《よみがえ》ったのだと思った。

（ここから先の未来の町も、見てみたかったわ）

平和になったあとの日本。もう悲しいことのない、新しい日本で生きていきたかった。戦時中はほとんど勉強なんてできなかったから、学校に行って、いろんなことを学びたかったし、友達と遊んだりもしたかった。外国の言葉を勉強して世界中に友達を作るのもいいなあ。平和になったいまなら、そんなこともできたろう。

そして、そのうちお兄ちゃんが――おじいちゃんが夢を叶えて、立派なコックさんになって、焼け跡に自分のお店を出したとき、千代子さんはそれを手伝いたいと夢見ていた。

戦争で死んでしまった、もういない両親の代わりに、きょうだいふたりで、この町でいちばんのお店にできたらなあと思った。昔あった小さな食堂がそうだったように、お客様たちの美味しい、という声や、ごちそうさま、また来るね、という声が絶えない店にするのだ。賑やかな商店街の中心で、良い匂いがいつも漂ってくるような、そんな店にする。上等でなくていい。高級なレストランでなくてもいい。一口食べると、忘れていた懐かしいことを思いだすような味がする、ほっとしたり元気が出たりするような料理を出すお店を作るのだ。甘い甘い素敵なお菓子やあたたかな飲み物も出さなくちゃ。

(お兄ちゃんは頑張り屋さんだから、いつかきっと夢を叶えてくれるわ)

でも、病気がちな自分にはそのときにそばにいるのは無理だろうと千代子さんは思っていた。それまで生きていられる自信がない。

千代子さんは、天気が良くても悪くても、すぐに熱が出て、動けなくなってしまう弱いからだで生まれた。それでも、戦後のいままで兄であるおじいちゃんに守られながら、なんとか生き延び、平和になった町を見ることができたのだから、もうそれでいい、と思っていた。思おうとしていた。これ以上は贅沢な望みだ。ずいぶん短い人生になるかも知れないけれど、もっと早くに死んでしまったひとたちもたくさんいるのだから、充分幸せだと思う。

（もしかして、生まれ変わりというものがあるのなら、今度は元気な女の子に生まれてきたいなあ。健康で、走るのが速い子がいい）

元気で疲れを知らなくて、どこまでも走って行けるような女の子になりたいと思った。

千代子さんは、静かに微笑む。今回の一生は一生懸命生きたから、もういいのだ。自分なりに、頑張って生きたから。

この先の未来、おじいちゃんが焼け跡に建てるお店を見てみたかった、それだけはやはり、未練になるけれど。――それと。

「ねえ、チイコ。わたしやっぱり、お兄ちゃんの漫画が世に認められないのは、勿体ないことだと思うの。わたしの我が儘というよりも、あの素敵な才能が、万が一、誰にも知られないままに終わるなら、日本や、世界中のひとたちにとって、良くないことだと思うわ。お兄ちゃんの優しくて楽しい漫画は、きっとみんなに愛される。きっと世界を幸せにする。もし、この先、みんなに読まれないままに終わってしまうような未来が来たら、わたしは――わたしはきっと、死んでも浮かばれないわ」

千代子さんは、悔しそうに唇を噛む。

あの日――運命の分かれ道になってしまった日に、自分が熱を出したりしなければ、お兄ちゃんは無事に東京に行けて、いまごろは若き漫画家として、世に知れ渡る名作の数々をものにしていたかも知れない。

お兄ちゃんは、店を出す夢の実現のために忙しく、すっかり絵を描かなくなってしまった。きっとこのままでは、お兄ちゃんは漫画を捨ててしまうだろう。ただ、まっすぐに、ひとりの料理人として生きていく人生を辿るのだろう。

お兄ちゃんは、それでいい、店を出すのも自分には大切な夢だから、というだろうけれど。

（でももし、あの日、お兄ちゃんが無事に旅立てていれば――）

有名な漫画家の先生に、一緒に東京に、出版社に行こうと声をかけられたそのときに、旅立つことができていれば。

分岐点の先のもうひとつの未来で、もしかしたら、漫画家として成功したお兄ちゃんは、焼け跡に店を建てる夢を捨てていたかも知れない。それは寂しい想像だけれど、でも、もしそうなっていたとしても、それは仕方のないことだと、千代子さんは思う。

（きっと、天国の父さん母さんも、そう思ってくれるわ。お兄ちゃんの絵が上手なこと、いつも自慢にしてたもの。戦争が終わったら、店は継がなくていい、都会に出て、絵の勉強をしなさいって、にこにこしてたもの）

焼け跡にお店が建つのも大切な夢だけれど、千代子さんは、両親と同じく、おじいちゃんには、その才能を生かして、遠くに行って欲しかった。

その夢の実現を自分が阻んだのだと思うと、千代子さんは心底悲しかった。

「――ねえ、チイコ」

千代子さんは、傍らに丸くなっているチイコの、その金色の瞳を見つめる。

「お願いがあるの。わたしの代わりに、猫神さまにお百度参りに行ってくれない？　お兄ちゃんの漫画が認められるように、たくさんのひとびとに読まれるようになりますように、って、神様に力を借りてほしいの。——ほんとうはわたしが自分の足でお参りに行ければ良いんだけど、わたしにはお百度参りは、無理みたいだから」

千代子さんの手が、チイコの頭をなでる。

その目がじっと、黒猫を見つめる。

「この町の神様は、猫神さま。人間が大好きな優しい神様で、みんなの幸せのためになるような願い事はきっと叶えてくれるんだって、死んだ父さん母さんから聞いたことがあるわ。だからお願い。——世界中のみんなの幸せのために、お兄ちゃんの漫画が世界中のみんなに読まれるような未来にしてくださいって、神様にお願いしてきて」

黒猫のチイコは、まばたきひとつせずに、じいっと千代子さんを見つめている。

千代子さんはにっこりと笑った。

「ずっと思ってたの。チイコはちょっと不思議なところがある猫だって。人間の言葉もわかってるみたいだし。だから、わたしのお願いも聞いてくれるって信じてる」

チイコは首を伸ばし、黒い頭を、そっと千代子さんの胸元にこすりつけた。それはどこか、神聖な誓いの儀式をする仕草のように見えた。

千世子は、はっとして目をさました。

部屋は暗い。――いつもの、レストランの二階の自分の部屋だと思った。

可愛いベッドの、ふわふわした布団にくるまれて、千世子は横になっていた。枕の横には黒猫のチイコが横になっていて、千世子が起きたのに気づくと、大きな口を開けてあくびをした。

いまは何時くらいなんだろう。熱が出たせいなのか、ひどく汗ばんでいた。その代わりのように、少しだけからだが軽くなっていた。

隣の部屋から、かすかにお父さんのいびきが聞こえてくる。真夜中なのだろうと思った。

二月の夜だけれど、エアコンがついている子ども部屋は、ほのあたたかい。夢の中で千代子さんが寝ていたあの部屋とは違って。隙間風だって、入ってこない。

胸がどきどきした。

夢のはずなのに――ただの夢のはずなのに、妙にくっきりとリアルな感覚が残っていて、自分がついさっき経験したことのように思えていた。

いまも千代子さんと自分が重なり合って存在しているような。

ひどく喉が渇いていた。

千世子はベッドから降りて、はだしの足にスリッパを履いた。チイコも伸びをして床に降り、長い尻尾を揺らしながら千世子についてくる。キッチンに水を飲みに行こうとして、千世子はふと、窓の方を見た。

カーテンをそっと開けて、町を――この町の夜景を見る。冷えたガラスの向こうの、真夜中の町の灯りはさすがに寂しい。この時間は町もまた眠っている。暗闇が海のように世界を覆っていて、けれどその中に今夜もたしかに灯りはぽつぽつと灯っている。その場所で誰かが灯りを灯している、その光を自分がここで守っているよと、教えるように。

冷たい水を飲むと、生き返ったような気がした。やっぱりからだが楽になったような気もする。熱が下がってきているのかも。

すると、さっき見た夢がやっぱりただの夢だったように思えてきて、少しずつ、自分から遠ざかってゆくような気がした。記憶が淡くぼやけてゆく。

「そうだよね。お父さんからお百度参りの話を聞いたりしたから、夢を見たんだ。きっと」

ね、と足下にいるチイコに話しかけた。

チイコは何を思うやら、お座りをして、千世子を見上げていた。

気持ちよくからだが冷えて、千世子はため息をつきながら、子ども部屋に帰った。お腹が空いているのに気づいて、卵がゆを少しだけ食べ、梅昆布茶を飲んだ。お父さんが作った卵がゆも、お母さんが淹れた梅昆布茶も、冷えていてもとても美味しかった。

眠くなってきたので、ベッドに横になった。

チイコもベッドに上がってきて、いつも通りに枕元に丸くなり、喉を鳴らして目をつぶった。

「おやすみ、チイコ」

黒猫のすべすべした毛並みを抱きしめると、わずかに残っていた夢の中の千代子さんのまなざしが蘇ってきて、自分が千世子なのか千代子さんなのか、わからなくなったような気がした。

「ここ」がどこで、「いま」がいつなのかも。

まどろみの中で、チイコが自分のてのひらを甘噛みして、引っ張ってどこかに連れて行こうとするのを感じたような気がした。

『こっちに来て』

『こっちにおいで』

と。


ふいに目が覚めた。

部屋の中は、窓から光が射して明るい。夜が明けて、いまはもう、お昼前くらいになったのかな、と千世子は思う。

古い、染みのある天井が見える。見慣れた丸い電球も。

千世子は布団に横になっていて、枕元にはチイコが丸くなっている。

千世子はまどろみの中で考える。

(さっき熱が下がった、からだが軽くなったと思っていたのに、なんかまた熱が上がっちゃったのかな――)

頭が、ぼーっとする。夢から覚めきらないような。そして、頬が熱く火照っている。

心配そうな誰かの声が聞こえた。

「チイコ、大丈夫かい？」

優しい大きな手が、濡れた手ぬぐいを額に載せてくれる。ひんやりして気持ちよかった。気がつけば、枕は水枕で、中で水が音を立てた。だいぶあたたまっているように感じるから、やはり千世子は熱があるのだろう。

（熱で氷が溶けちゃったのかな）

千世子はぼんやりと思う。――それはよくあることだったから知っているんだけど、同時に変だな、とも思う。

（わたしはいつも元気で、熱なんて出したこと、ほとんどなかったのにな）

どこかで見て知っているひとの顔が、上から覗《のぞ》き込む。

おっとりした感じの、優しそうなお兄さんだ。高校生くらいかな……。

（おじいちゃんだ）

千世子はまばたきをして、そのお兄さんの顔を見上げる。

若い頃のおじいちゃん――写真で見たことがあるし、何よりもおじいちゃんが自分で描いていた、似顔絵によく似ていた。おじいちゃんの描いた漫画の中で、よくコマの端っこの方に登場していた、お兄さんの姿に。

背が高いからだをちょっと猫背にした座り方、優しい、ちょっと伏せたまなざし。

「氷がなくなっちゃった。買ってくるからね。すぐに帰ってくるから」

お兄さんは、畳に膝をつき、立ち上がろうとする。

「――お兄ちゃん、待って、それよりも」

勝手に口が動いて、そういった。「今日、先生がお帰りになる日なんでしょう？　きっと待っていらっしゃるわ。いまからでも急いでホテルに行って、東京に連れて行っていただいて」

お兄さんは、畳に片方の膝をついたまま、笑顔でゆっくりと首を横に振る。

「いいや、行かないよ。そう決めたんだ。お兄ちゃんは、チイコと一緒にこの町にいる。一生懸命働いて、料理や経営の勉強もして、昔みたいに、町のひとたちに喜んでもらえるお店を、焼け跡に建てるんだ」

そのためには、都会に行ってるひまなんてないんだよ、お兄さんはそういいきって立ち上がり、急ぎ足で出ていった。引き戸が開いて閉まる音がする。

「待って、お兄ちゃん」

千代子さんは、何とか身を起こした。けれど、お兄さんの足音は遠ざかってゆく。

黒猫のチイコが、お兄さんのあとを追おうとして、どうしようというように振り返った。

(――ええと、これって、この日って)

千世子はどきどきしながら考える。

(これ、たぶん、夢を見てるんだと思うけど――けど、でもこれって、もしかしてだけど、おじいちゃんの運命の分かれ道があった、その日の出来事なのかな？)

おじいちゃんが漫画家さんの待つホテルに行かず、漫画家さんはひとりで汽車に乗って東京に帰ってしまって、おじいちゃんは漫画家になる夢を諦めた、というあの日の。

(夢にしては、妙にリアルなんだけど?)

自分がその日の千代子さんになって、そこにいるみたいだった。

千代子さんは、行ってしまったお兄さんの足音を聞きながら、はらはらと涙をこぼした。

それはとても悲しそうな涙で、千世子の胸の中もその想いでいっぱいになった。

黒猫のチイコが心配そうに、千代子さんに近づき、舌でそっと涙を舐めようとした。

その熱くてざらざらした感触を、千世子はたしかに感じた。——そうだ。千世子の心はたしかにいま、千代子さんの中にあった。

お礼をいいながら、千世子は——千代子さんの手は黒猫をなでる。

「わたしの足が、お兄ちゃんに追いつけるほど速く走れれば良いのに。どんどん駆けても、息が切れないほどに、肺や心臓が丈夫なら良いのに」

その言葉を聞いたとき、千世子は思わず、布団から立ち上がっていた。

追いつけるかどうか、そんなの走ってみなければわからないじゃん、と思った瞬間に、ついからだが動いていたのだ。

「あれ?　動ける。からだが動くじゃん」

千世子が思う通りに、手も足も動く。

千代子さんの手は千世子の手より色白で、手首は細く、花柄の浴衣《ゆかた》姿の肩に三つ編みが揺れていたけれど、でも、自分のからだのように、自由に動かすことができた。

さすがに熱があるせいか、目眩《めまい》はするし、足下がおぼつかない感じはあるけれど、大丈夫、これならお兄さんの後は追える、走れる、と思った。

玄関に向かう。古い下駄《げた》箱を開けると、可愛らしい運動靴がある。自分のものだと千代子さんの記憶が知っている。

はだしの足で履くと、黒猫のチイコが嬉しそうに鳴きながら、三和土《たたき》に降りてきた。自分も一緒に行くつもりのようだ。

ガラスの引き戸を、がらがらと開けて、千世子は外に出る。たとえ熱でふらふらしていようと、千世子は走るのが得意だ。追いついてやる、と思った。そして説得して、東京に行ってもらうのだ。

(夢の中でくらい、漫画家になる夢が叶ったって良いじゃない?)

ぼーっとする頭でそう考える。

夢の中でくらい、千代子さんがほっとして、幸せになれれば良い、と思った。

「氷を買いに行ったたってことは、商店街のお米屋さんに行ったのかな? あそこたしか、氷も売っていたはずで……」

と、そこまで考えて、一気にダッシュしようとして、千世子は、はたと立ち止まる。

「お兄さんの決心、固そうだったよね。わたしが説得するよりも、わたしがホテルに行って、漫画家の先生に事情を説明して待っていただいた方が良いんじゃないかな?」

そう思いついたときには、地面を蹴って、走り出していた。

駅前のホテルのその場所は知っていた。たぶんあそこのことだろうとわかっていた。戦前からある老舗のホテルだ。千世子は息切れしながらも、チイコと一緒に町を走り抜けた。浴衣は着慣れないし、風は冷たいし、はだしの足に履いた運動靴が履き慣れずに擦れて痛かったけれど、ひたすらに走った。

なんとかホテルに辿り着き、ロビーのソファで人待ち顔をしている紳士を見つけた。

（あ、あのひとだ、間違いない）

そのひとは、高級そうな背広を着て、ベレー帽をかぶって、いかにもな昭和の時代の漫画家の先生然としてそこにいた。

浮かない顔で腕時計を確認したそのひとがため息をついて立ち上がり、まさにその場を離れようとしたその瞬間に、千世子は転がり込むように、駆け寄った。

「待って、待ってください」

お兄さんに聞いていた漫画家の先生の名前を叫んだとき、足の力が抜けて、千世子はその場で躓《つまず》き、カーペットの上で転びそうになった。疲れが急に足に来て、うまく立てない。急いで事情を話さないといけないのに。

ホテルのひとが駆けつけるより早く、その先生が身をかがめ、助け起こしてくれた。

「どうしたんですか、お嬢さん、そんなに慌てて。わたしに何か、ご用ですか？」

ひょっとしてサインが欲しいのかな、とにこやかに笑い、背広の胸ポケットの辺りを叩くようにして筆記用具を探そうとする。

「サイン……えっとサインもいただきたいですけど、あの、兄のことでお伝えしたいことが

——」

「お兄さんのことで、ですか？　はて」

先生は戸惑ったように訊き返す。

そして千世子は先生に説明した。先生の待ち合わせの相手である、漫画家志望の少年の事情や、妹である自分のために、夢を諦めようとしているということを。

「なんと、なんとまあ」

先生は絶句する。「そういうことでしたら、相談していただけたなら、わたしがなんとでも力を貸しますものを」

先生は優しい表情で微笑み、うなずいた。

「お兄さんのことは心配しなくて良いですよ。若い才能に手を貸し、世界に羽ばたかせる——それは先達であるわたしたちおとなの仕事です。

ありがとう。あなたが駆けてきてくれなかったら、わたしは何も知らず、がっかりしてひとりで東京に帰るところでした。そしてもしかしたら、お兄さんの才能は誰にも知られないまま、埋もれてしまっていたかも知れない。あれだけの作品を描ける漫画家がデビューできないまま消えていくなんて不幸なことにならなくて良かった。世界にとってとんでもない損失になるところでした。お兄さんの漫画はね、あなたも知っているでしょうけれど、面白くて、とても巧い。才気に満ちていて、技術的にもレベルが高い。でもそんなことよりも、もっと大切なことがある。一作だけしか読んでいないけれど、わたしにはそれがわかりました。心に、響いたんです」

漫画家の先生は自分の胸に手を当て、目を閉じて優しく微笑んだ。

「お兄さんの漫画はね、日本の、世界のたくさんの子どもやおとなを幸せにする力を持っています。とても優しくて、いっぱいの愛に満ちた漫画をお兄さんは描くことができるんです。頁をめくるうちに、誰かに優しくしたくなる、笑顔を見たくなる。誰かの幸せを祈りたくなる。――きっと二度と戦争がない世界を作るための力を持っている、そんな作品を描く力を、あなたのお兄さんは持っているんですよ。それは、貴重な、宝物のような才能です」

千世子は――千代子さんは深くうなずいた。そうだ、千代子さんは知っている。

だって、お兄さんの漫画が大好きだったのだから。

千代子さんの頬に、熱い涙が伝うのを、千世子は感じた。それはさっき家で流した、悲しく辛い涙とはまるで違う、幸せなあたたかい涙だった。


そして、千世子は――千代子さんは、先生と一緒にタクシーに乗って、家に帰った。もちろん、黒猫のチイコも一緒だ。チイコは得意そうに鼻をあげて、つんとすまして、千代子さんの膝の上に座っていた。

お兄さんは氷を買って帰ったものの、千代子さんの布団がもぬけの殻になっていたので、困ったように部屋に立ち尽くしていた。

タクシーから千代子さんと先生が降り立ったとき、どれほどお兄さんが驚いたことか。

そして、正座したお兄さんは、同じく正座した先生に説得され、おとなを頼りなさい、と叱られもして、東京の出版社に行くことを決めた。すみませんすみませんと何度も頭を下げて、千代子さんに照れたような笑顔を見せた。目尻にぽっちりと涙が滲んでいた。

千代子さんはその頃は、もう布団に横になって、にこにこと笑いながら、ふたりの話を聞いていた。

先生とお兄さんは、次の日に東京に行くことになった。そのまま下宿を探すという。先生の仕事の手伝いをして、それで得るお金を部屋代や生活費にあてることになった。

千代子さんもいずれ東京に行く。大きな病院でお医者さんに診ていただきましょう、と、先生が勧めたのだ。

「——チイコ、ありがとう」

先生がタクシーでホテルに帰っていった後、お兄さんが、千代子さんの手を取った。

「おまえがいなかったら、ぼくは、生涯の夢を諦めるところだった。ぼくは、ぼくはほんとうに、漫画を描きたかったんだ。自分の想いを込めた作品を、世界に送り出したかったんだ。その願いが叶うかも知れないなんて。ああ、なんて幸せなことだろう」

それにしても、とお兄さんは首をかしげる。

「おまえ、あんなに長い距離を走れたのか？　走るのが速い方じゃなかったと思うから、その、びっくりしたよ。一生懸命、走ってくれたのか？　可哀想に、熱があるというのに、大丈夫だったかい？　疲れただろう？」

「良かったね、お兄ちゃん」

千代子さんは微笑んで、お兄ちゃんの手を握り返す。隣ではチイコが、猫の笑顔で、幸せそうに笑っている。

「わたしとチイコはね、猫神さまにお祈りしていたのよ。お兄ちゃんの漫画が世界中のみんなに読まれるような未来にしてくださいって。きっと願いが叶ったのね。お兄ちゃんを説得しなきゃ、って思ったら、足に力が入って、風みたいに町を走れたの。自分じゃなくなったみたいで、夢を見てるようだったわ」

「そうか、猫神さまか」

お兄さんは、黒猫のチイコの頭をなでた。「神様の起こした奇跡だったのかも知れないね。お礼参りに行かなくちゃ」

不思議な夢だなあ、と思いながら、千世子は自分も一緒にその場にいた。千代子さんの目を通して、黒猫をなでるお兄さんを――若い日のおじいちゃんを見ていた。

(夢の中のこの世界では、おじいちゃんは、無事、漫画家さんになるんだろうなあ)

この先の世界を、見てみたいような気がした。おじいちゃんはこれからたくさんの漫画を描くのだろう。日本と世界の子どもたちのために。それはきっとどれも素敵に面白い、最高な漫画なのだ。その漫画を読みたいな、と思った。

千代子さんは――そして千世子は、幸せな気持ちで、うとうとと目を閉じた。

この先はきっと幸せな未来が待っている。そんな予感が胸いっぱいに満ちていた。

そして千世子は、明るい部屋で目をさました。

二月の午後の日差しがいっぱいに入る、レストランの二階の子ども部屋で。

枕元でチイコが、ニャア、と鳴いた。

千世子はベッドの中で身を起こし、思いっきり伸びをする。

熱はもうすっかり下がったのだろう。からだは軽いし、どこまでも走れそうなくらいに元気になった気がする。

ふと、いままで見ていた夢のことを思う。

「何だかほんとうに、リアルな夢だったなあ」

夢じゃないみたいな。

千代子さんになって、その日そのときのその場にいたみたいな。

(そんなこと、ありはしないんだろうけど)

だってほんとうにそんなことがあるのなら、それは夢とか魔法とか奇跡とか、そういう感じの出来事だと思う。

「そんなことが起きるのは、漫画やアニメの中でだけ、だよ」

あとは小説とかゲームとか映画とかさ、なんて呟きながら、千世子はベッドを出る。

元気になったら、いつまでも寝てはいられない。からだがなまるというか、そんな気分になる。千世子は昼間っから寝ていたりできるタイプではない。そんなの時間が勿体ない。

「――お百度参りにでも行こうかな」

ぶんぶんと腕を振って準備体操のまねごとをしながら、千世子は思う。今日は日曜日だし、ちょうどいいかも。

猫神さまの神社の参道や、長い石段を、百回上り下りするのはハードそうだけど、挑戦してみるか、と思い、ひとりうなずく。

たっぷり眠った後のからだも心も、充電完了、という感じで、お百度参り向けの体調のような気がした。

チイコが千世子を見上げて鳴いた。

「チイコもついてくる?」

「ニャア」

「猫の足にはいささか大変かもよ?」

「ニャア」

「大丈夫?　じゃあ、行こうか」

ささっと顔を洗って着替えて、キッチンでトーストを焼いて食べて。

「あ、お父さんお母さんに行ってくるって声をかけてからにしないと――」

ゆうべはあんなに熱が高かったのだ。きっと心配しているに違いない。

「ふたりとも、お店にいるのかな?」

扉を開けて、店への階段を降りていくうちに、千世子は違和感を覚えて、首をかしげる。

なんだか、お店が賑やかなのだ。

たくさんのお客様がいて、賑わっているような、そんなざわめきが上がってくる。

レストランがそんな風に賑わうなんてこと、もうずいぶん長い間、なかったのに。

けれど、辿り着いた下の階で——たしかにレストランは大賑わい。すべての席にお客様がいて、窓から見える外には列を作って待っているらしいひとたちまでいて。

千世子は目をぱちくりとした。

料理をいっぱいに載せたお盆を持ったお母さんが、千世子のそばを通りかかる。

「チイコ、からだは大丈夫なの？」

「うん、もう元気。だからあの、お百度参りに行こうかと……」

「お百度参り？　なんで？」

今度はお母さんが目をぱちくりする。

「お百度参りだって？」

厨房の中で、フライパンを軽々と操りながら、お父さんが訊き返す。きょとんとした顔をして、こちらもまた目をぱちくり。

そのとき、遠くの席で、お客様がお母さんに声をかけた。

「はーい、いま参ります」

お母さんは笑顔になって、千世子にまたあとでねと明るく一言いうと、足早に料理を届けに行った。お父さんも笑顔で、フライパンの美味しそうなオムレツを華麗に跳ね上げ、お皿に載せた。卵とバターの良い香りが、ふわっと漂ってきた。

千世子は何だか混乱しながら、黒猫のチイコと一緒に裏口から店を出た。

何だか、夢の続きを見ているようだ。

店の表側に出てきたとき、千世子は自分の目を疑った。気のせいだろうか、いやそうではない。古びて生気がなく感じていた、店の様子が明るく楽しげに見える。レストランだけじゃない。周囲の、シャッターを下ろしていたはずのあのお店も、閉店の挨拶の手紙が扉に張ってあったあのお店も、ちゃんと開いていて、お客様の姿が見える。通りにもひとがいっぱいだ。町全体が賑わっている。千世子の記憶にある商店街の姿と全然違う。

そして、レストランの前にある古い街灯のそのそばに、何かの像が立っている。腕にほうきを抱き、軽く空を見上げて佇《たたず》む三つ編みのおさげの女の子と、足下にいる猫の像だ。——見間違えようがない、それはおじいちゃんの漫画、『魔女っ子チイコ』の主人公、チイコの銅像だったのだ。丸っこくて優しいおじいちゃんの絵が、そのまま立体になっている。

「え、これ、何なの?　どういうこと?」

千世子は思わず声を上げた。

スマホのカメラでチイコの銅像の写真を撮っていたところらしい、旅行者風のお姉さんたちのひとりが、ふふっと笑う。ちょっと早口で教えてくれた。

「チイコちゃんの記念の銅像よ。この町を舞台にした昔のアニメが大ヒットしたことと、原作の漫画家の先生の偉業の数々を記念して、商店街のひとたちが建てたんですって。よくできてるよね。原作寄りのデザインかな」

「アニメが大ヒット？　漫画家の先生の偉業……？」

「あらあら、知らないの？」

意外そうにお姉さんが訊き返す。

胸がバクバクとした。何なんだろう、その、さっきの夢の続きのようなお話は。

お姉さんのひとりが、友人を窘《たしな》めるように、

「アニメも原作の漫画も、この子にとっては、生まれる前のお話でしょ。もともとは、わたしたちのお母さん世代が子どもの頃の、昭和の時代の漫画やアニメだもの。世代間のギャップって奴よ。どんなに流行《はや》った作品だって、知らないこともあるのかもよ？」

「えーっ、だってあのアニメ、国民的な大ヒットだったじゃない？　映画にもなったし。アニメ化だって、一度や二度じゃないし」

「――あの、チイコは、映画にも、なったんですか？」

うんうん、とお姉さんたちはうなずく。

「それだけじゃないよ。原作の先生の青春時代を描いた漫画がＴＶドラマになって、それがまた大ヒットしたし。先生、もうひとつ叶えたい夢があるからって、惜しまれながら若くして引退なさったけど、それまでの間、たくさんの作品を描き残されたの。たくさんの作品が時を越えていまも読まれてる。で、わたしたちみたいな、遅れてきた読者は令和のいま、こうして聖

地巡礼をしてるって訳」

「せ、聖地巡礼……?」

というと、漫画やアニメ、映画などの舞台になった場所を、ファンが訪ねて歩くことだ。

「そう、このチイコちゃんの像とか、チイコちゃんのお話の舞台になった、この商店街とか、ほら、あの可愛いレストランとかね。魔女の国からやってきたチイコちゃんが身を寄せて暮らしたレストランみたいなお店だっていわれてるの。先生が建てたお店だしね。『魔女っ子チイコ』はアニメも漫画も、世界中で人気があるから、日本だけでなく、世界中から、この町を訪れるひとがいるみたい」

「――世界中から、ですか?」

そうよ、と、お姉さんはにっこり笑って、大きなカメラでレストランの写真を撮る。魔女っ子チイコの像と一緒に。

「アニメや原作のファンからすると、少しだけ勿体なくはあるけれど、先生は、あの素敵なお店を作ってコックさんになるために、漫画家を引退なさったんですって」

「でもまあ、ここに来てわかったなあ」

お姉さんたちが目配せして笑い合う。

「この商店街、チイコの漫画やアニメの通りの、とっても素敵な町だもの。こんな場所なら、昔に戦争で亡くなったご両親がそうだったというように、美味しいものを出すお店を建てて静かに暮らしたいと思ったってお気持ちもわかるような気がするなあ。あったかくて懐かしい町だもの」

「『魔女っ子チイコ』と先生だけの力じゃないと思うんだけど、町おこしに役立ったのはほんとうのところだよね、きっと」

「先生亡き後は、ご家族の方がお店を続けられているんだよね。お料理もお菓子もケーキも、昔のままの味で、とっても美味しくて、いつもお客さんがいっぱいで、並ばないと食べられないってネットで噂になってる」

お姉さんたちは肩をすくめる。

店の前に並んでいるお客様の行列を見て、目配せする。

「どうしよう、並ぶ？」

「そうだねえ、せっかくここまで来たし」

「聖地巡礼は極めたいものね」

うなずきあうと、お姉さんたちは決意を秘めた表情になって、列の後ろへと、自分たちも並ぶために足早に向かっていった。じゃあね、と、千世子とチイコに手を振りながら。

千世子は、ありがとうございます、と頭を下げて、そのひとたちを見送った。

「夢見てるみたいだけど――だけど……」

日曜の午後、地元のひとたちと、観光客の訪れで賑わう商店街で、千世子はレストランを見つめる。幸せそうなひとたちが行き交う、明るく楽しげな商店街で。

自分のほっぺたをつねってみる。

「あいたた」

夢でない証拠に、ちゃんと痛かった。

「こんなに賑わっていたら、お店を手放さなくてもいいんだよね。きっと」

どうやら、レストランを壊して、遠い街に引っ越していかなくてもよくなったのだ。

そんな風に、運命が変わっていたのだ。いつの間にか。

おまけにおじいちゃんは漫画家になる夢も叶えたらしい。作品はアニメにもなって大ヒット、アニメも原作の漫画も、世界中で人気らしい。

「世界中のひとが、おじいちゃんの作品を知ってるんだ。漫画を読んでもらってるんだ」

千代子さんが夢見ていた通りに。

「これが、夢の中の出来事でないのなら、の話だけど……」

でも、つねったほっぺたは、ちゃんと痛い。

「嘘《うそ》みたい。こんなことってあるのかな」

呟きながら、あの不安で悲しかった日々の方が、夢の中の出来事のように思えてきた。いまの幸せな商店街の情景の方が、リアルな現実のような。そう考える方が自然なような。

どういうことなんだろう？

猫のチイコが、千世子の顔を見上げて、意味ありげに、ニャアと鳴いた。

「——千代子さんが、猫神さまに祈った、その願いが叶ったのかな？　千代子さんのチイコが、猫神さまにお百度参りに行ったの？」

というか、もしかして。

いまここにいる、黒猫のチイコは、昔の、あのチイコなのだろうか？

千世子のチイコは、もしかしたら、時を越えてやって来た、千代子さんのチイコ？

昔、千代子さんの死後に姿を消したというチイコは、いまの時代に時を越えてやって来て、千世子の猫になったの？

たとえばその、猫神さまの不思議な力で。

（もしかしたら——）

夢だと思った、あの、千代子さんとしての時間は——駅前のホテルまで走った、あの時間は、夢ではなくほんとうのことで、漫画家の先生のところまで千世子が駆けたことで、運命が変わったんだろうか？　時を遡った千世子は未来を変えてしまった？

おじいちゃんの、お店の、商店街の運命を。

みんなが幸せな方に——。

「——そんなことがあるのかな？」

そんな夢か、漫画みたいなことが。

だけど、それが夢でない証拠のように、千世子の中には、新しい「過去」の記憶や思い出がいくつも浮かび上がってきた。

おじいちゃんは、漫画とお店と、どちらの夢も同じくらいに大切だった、というのが口癖だった。若い日に、漫画をたくさん描いた後、ぼくはもう一生分の絵を描いた、楽しかったよ、心から満足したから、と、筆を折り、この地に帰ってきた。

都会での、売れっ子漫画家としての日々で蓄えた財産で小さなレストランを建て、それからはお店に専念した。遅くなったけれど、家庭を持ち、幸せに暮らした。

幸せな記憶のうち、大部分は、もともと千世子が持っていた「過去」の記憶と重なってゆく。違うのは、おじいちゃんが寂しそうではなく、いつもどんなときも、満ち足りて幸せそうだったこと。屋根裏部屋の柳行李の中には、もとの記憶にあるよりもずっとずっとたくさんの原稿が入っていること。本棚には数え切れないほどの数のおじいちゃんの漫画の単行本や、作品を掲載した雑誌が並んでいること。

そして——。

レストランの壁に描かれた、千代子さんの肖像画。若くして亡くなった千代子さんを偲《しの》んで、おじいちゃんが描いたものだ。

千代子さんは、東京で名医と呼ばれる先生にもかかったけれど、結局、長くは生きられなかったそうだ。レストランの開店をその目で見ることはできなかった。

ただ千代子さんは最後におじいちゃんにいったそうだ。わたしは幸せだった、いちばんの大切な夢が叶ったから、と。

そして、約束したそうだ。

わたしはきっと帰ってくる、今度は元気な女の子になって。だから、待っていてね、と。

おじいちゃんの描いた千代子さんの絵は、レストランの壁で、腕に黒猫を抱き、今日もにっこりと幸せそうな笑みを浮かべている。


そして、春、三月。

街路樹にちらほらと桜が咲き始めた頃。

小さな古いレストランは、今日も賑わっている。店には音楽やお客様の声が溢れ、お料理の良い匂いがいっぱいに満ちている。

商店街には楽しげなひとびとがたくさん行き交っていて、『魔女っ子チイコ』の像のそばでは、外国から来たらしい家族連れが記念写真を撮っている。小さな女の子はアニメのチイコと同じ服を着ていて、ほうきを手に持ち、黒猫のぬいぐるみを抱いている。可愛いなあとつい見ていると、女の子は千世子の視線に気づいたのか、気取った感じでポーズをとって、照れたように、笑顔の家族の陰に隠れた。

街路樹の枝葉を揺らしながら、春風が吹きすぎる柔らかな音と、町の賑わいに紛れて、『よかったわ』と笑う魔女っ子チイコの声が聞こえたような気がした。

『幸せな町になって、よかった』

いまも千世子には、一連の不思議な出来事がなぜ起きたのか、よくわかっていない。「いま」が夢なのか、それとも事実なのか、いいきるのは怖いような気もする。ただ、新しく生まれた、幸せな日々を生きるうちに、少しずつ、あの悲しかった「過去」の記憶が薄れ、遠ざかっていくのを感じている。

猫神さまが、千代子さんの願いを叶えてくれたのかどうか、それも謎のままだ。

もしかして、黒猫のチイコが、ああそれはね、と、あれこれ説明でもしてくれれば、いろんなことがわかるのかも知れないけれど、猫は人間の言葉を喋《しゃべ》らない。

あのあと、千世子は、チイコと一緒に猫神さまの神社にお参りに行ったけれど、古い神社はただ静かにそこに佇み、竹林に風が吹きすぎるばかり。黒猫のチイコは千世子のそばに、金色の目を輝かせて寄り添っているだけで、神様がそこにいるのかいないのか、それすらも千世子にはわからなかったのだった。

閏年の橋

「わたし、二月二十九日生まれだから、四年に一度しか年をとらないんだ」

二月が来るごとに、清花《さやか》はよくそんな話をして笑ったものだ。

子どもの頃から、一緒に暮らしているひとがいた時期までは、ずっと。

閏年《うるうどし》のその年にしかない一日に、自分の誕生日があることが気に入っていた。

(特別な感じというか)

魔法っぽいというか。

物語の主人公にふさわしい誕生日というか。

子どもの頃から本が好きで、特にそういう、魔法や奇跡が出てくるような物語が好きだったから、余計にそう思ったのかも知れない。

けれど、実際には、世の中では、特に珍しがられもせずに、二月二十八日生まれと同じ扱いをされるのと同じように、清花は普通の人間として成長し年をとり、令和の日本の四十代の女性のひとりとして淡々と日々を生きている。

いや、普通の女性のひとりといいきると、ちょっとだけ違うかも知れない。

本好きが昂《こう》じて、学生時代が終わる頃に新人賞を受賞し、作家になったからだ。

いわゆる「イヤミス」と呼ばれる、ちょっと後味の悪い、ついでにいうなら、登場するキャラクターの性格もあまり良くないような、そんな物語を描く作家のひとりとして生きている。

——いまのところは。


今年もまた、閏年。四年に一度の二月二十九日を翌々日に控えた、二十七日の午後、清花は仕事机に顔を伏せ、深いため息をついた。

徹夜仕事明けのうたた寝から覚め、凝った首を回しながら立ち上がり、よろよろとキッチンに向かう。

ウォーターサーバーからコップに水を汲《く》み、冷たさを味わうように啜《すす》った。

マンション十階のこの部屋は、古くとも防音がしっかりしているから、平日午後のこの時間も、しんとしていた。まるで世界が終わって、すべての生き物の気配がないように。

清花ひとりだけが、この世界に生きているように。

カーテンを閉めたままの部屋は薄暗い。その、夢の延長線上にあるような暗さのせいなのか、しんとした二月終わりの冷えた空気のせいなのか。——何より、あさってが二月二十九日だと思うからなのか。

ふと、懐かしい声と言葉を思いだした。

『俺の故郷にね、閏年の橋、って呼ばれている、苔《こけ》むした古い石橋があってさ。四年に一度の二月二十九日の午前零時にその橋に行くと、心から会いたいひとに会えるっていわれてるんだ。会えないはずのひとに会えるって。不思議だろう?』

その奇跡が起きるのは、四年に一度の真夜中のこと。人通りのない町外れの海の、灯りもない真っ暗な辺りの、小さな島に架かる橋だから、明るいうちならともかく、夜には行ったことがないんだ、と彼はいった。島にはこれも古びた祠《ほこら》がぽつんとあるそうで、神様の名前も由来も謎なんだ、と、声を潜めて、嬉しそうにいった。

『でも、一度行ってみたいんだよね。二月二十九日の午前零時に。いや別に、会いたいひとがいるって訳じゃないけど。でもこの世界に、そんな魔法がほんとうにあるならさ、出会ってみたくてさ』

彼は笑った。そのときは一緒に行こう、なんなら橋の上で清花の誕生日のお祝いをしようか、なんて言葉を続けながら。

(——あれはもう、二十年も昔のことになるのかなあ)

はっきりと覚えているものだと思う。

耳の底に残る、明るい響きの、ちょっと照れたような声も。清花のそばにいるときは、ひときわ輝いていた、優しい大きな黒い瞳も。

「いいなあ。目が大きくて、睫毛《まつげ》が長くてうらやましい」

と、清花が見上げていうと、

『でもさあ、馬みたいな目だって、子どもの頃はよくいわれてたんだぜ』

彼は笑った。歯が丈夫で白い辺りも馬っぽいっていわれててさ、ひどいよな、と。少しも嫌じゃなさそうに、そういって笑った。

穏やかな性格と、恵まれた体格のせいもあって、そう見えたのかな、と清花は思った。いわれてみれば、優しい野生馬のようなひとだった。

彼は人間が好きで、いつもその大きな目で周りのひとを見て、困っていそうなひとがいれば、すぐに駆けだしてゆき、大きながっしりとした手をさしのべていた。彼の手はいつだって、誰かにさしのべるためにあり、丈高く胸の厚いからだは、心弱い誰かや、不安な誰かを守り、受け止めるためにあるようだった。

こんなひとがいるんだなあ、と、清花はよく思っていたものだ。清花自身、大学構内でよろけ、階段から落ちそうになっていたところを、通りすがりの彼のその手で助けられ、支えられた。それがふたりの出会いのきっかけだったのだから。

人間と、そして生まれた町が好きな彼の将来の夢は酒屋さん。いずれ地元に帰って、実家の古い酒店を継ぐのだといっていた。ああいいな、似合いそうだな、と、清花は思っていたのだ。バイクに乗って笑顔で配達に行ったりするんだろうな、と。

懐かしかった。

「——閏年の橋、か」

四年に一度のその日のその時間に、そこに行けば、会いたいひとに会える。会えないはずのひとに会える。

そんなお伽話《とぎばなし》のようなことがあれば、そりゃ素敵だとは思うけれど。

清花は薄暗いキッチンで、首をぽきぽきと鳴らしながら、ゆっくりと捻り、横に振る。

世界には、神も仏もいないし、つまりは魔法も奇跡も存在しないのだ。

海辺にかかる石橋は、きっとただの苔むした橋に違いない。その日その時刻に行ったところで、誰にも会えはしない。そういうのは、物語の世界だけのお話だ。


出版不況のこの時代、清花のように過去に受賞歴とヒット作はある（一応は。デビュー作は映画にTVドラマにゲームにとメディア化もして、たいそう売れた。その一作だけは）ものの、いまひとつ人気作家とはいいづらい位置にいる作家は、年々シュリンクしてゆく不況の業界の中で、じわじわと仕事が減り、初版の発行部数が減り、重版もかかりにくくなり、つまりは収入が減っていっていることを、日々感じている。

かえるが入っている水を加熱し、少しずつ水温を上げていくと、いつか茹だっても気づかずに逃げ損ねて死んでしまうという、いささか趣味の悪いたとえ話があるけれど、清花は自分がそのかえるで、日々少しずつ身のまわりの水温が上がっていっているところじゃないのかと、うっすらとした恐怖を覚えている。

かえるならぬ清花には、逃げてゆく場所などない。なまじ若い頃にデビューしたものだから、物語を書く以外に、他にできる仕事もない。ついでにいうなら、人間関係を作るのも、さほど巧い方ではないと自負している。つまりは、これから、未知の職場で社会人として誰かと一緒にやっていける自信もない。

(年も年だしね)

作家と似たような職種といえる、ライター業ならできるかというと、人付き合いの苦手な自分が、上手に仕事を請け負ったり、フットワーク軽く取材をしたり、そんなことができるとは思えない。

まず無理だ。

何しろ友人なんてひとりもいない。人間関係を作る気力がない。

自慢じゃないけれど。

これでも遠い昔の、たとえば学生時代は(なんともう二十年も昔のことだ)、友人も知人も彼氏もいて、サークル活動にも参加したりして、明るく過ごした日々もあった。

大学には奨学金を借りて通い、独り暮らしをしていたので、バイトが忙しく(家庭教師と居酒屋を掛け持ちしていた)、大変な日々だった。だけれど、真面目に働いたからなのか、どちらのバイト先でも信頼され可愛がられて、忙しくも賑やかで楽しい日々を過ごした。その頃を思い返すと、ぼんやりとその時代から日が射しているような気がする。

卒業後、いろんな出来事を経て、その頃の人間関係は途絶えてしまった。就職もしなかったから、社会人として新しい友人たちと出会うきっかけもなかった。

作家というのは一種の永久就職みたいなものだけれど、会社に通うわけじゃなし、本人が望まなければ、そこに人間関係は生まれないものだ。パーティや飲み会、いろんなイベントごとに積極的に参加するとか、SNSで気の合いそうな誰かに絡んでいくとかさりげない挨拶を交わすとか。そういうことが得意な作家がいることは見聞きしているし、若い頃は各社の担当編集者たちに、版元主催のパーティへの参加を呼びかけられたりもしたけれど、そのたびに断っているうちにいつか声がかからなくなった。

新人作家の頃、仕事で大金を手にした時期に買ったマンションでパソコンと向かい合っているうちに、一日が終わり、季節が巡り、年月はやがて勝手に過ぎた。

忙しいとどうしても昼夜逆転の生活になりがちだから、ひとが活動している時間に起きていることもあまりない。そしていまの時代、明るい時間に外を歩く必要もない。買い物はネットスーパーで済むし、ちょっとしたものなら、マンション一階に入っているコンビニがある。そのコンビニから宅配便だって出せてしまう。本や文房具その他必需品の取り寄せもできる。いまどきの作家は、原稿のやりとりは、ネットと電話、宅配便があれば大概済むから、エレベーターの昇り降りくらいしか、移動しなくなってしまった。

すると、清花にはほんとうにひとと出会う機会がなくなってしまった。

それでもまだ、売れていた頃なら、新刊が出た後のサイン会だ、書店への挨拶回りだと出版社から声がかかったけれど、作風が作風であることもあり、清花が人前に出るのを好まないこともあって、いつの間にか、そういう機会もなくなっていってしまった。

するとどうなるかというと、化粧をする習慣がなくなる。頬にも腹にもたぷたぷと肉がつく。

服を買うときも（当然オンラインショップだ）、デザインや色彩よりも、ウエストがきつくないかとか腕周りにゆとりがあるかとか、そっちの方が選択の優先基準になるので、クローゼットに並ぶ服は、いつか、似たようなデザインの、だらーんとした安っぽい服ばかりになって、余計に外出する気力が減ってゆく。

そもそも作家には、仕事をする上では、外出も人間関係も必要がない。――いやあるにこしたことがないかも、とはわかっているけれど、清花にはそれが面倒だった。だから正直、マンションにこもっていられる生活はそう嫌いではない。寂しくもない。たぶん。どうやら。たいした不満もなく、今日まで生きてきた。

「実は人間嫌いだったのかもなあ」

殺したいほど憎んでいるとか、人類なんて滅びてしまえとか、そういう感じじゃないけれど、視界にいなくてもかまわない。

会話でのグルーミングは面倒だと思う質《たち》だった。そんな時間があれば、一行でも文章を書いて、作品を早く仕上げたい。

そんな清花だからこそ、ミステリーの中でも殺伐としたジャンルである、ひとの優しさやあたたかさに欠けるといっていい作品群である、イヤミスを書き続けてゆく適性があったということなのかも知れないけれど。

実際、後味の悪い作品群を書いていくことに抵抗を感じたことは無かった。世の中ってこんなものだよね、人間って腹黒いところがあるよね、なんて思いながら淡々と書いていたし。

「うーん、このまま年々仕事が減っていったら、どうしよう?」

部屋に戻り、パソコンで連載小説の原稿を綴《つづ》りながら、清花はふと、ため息をつく。――この連載も、あと三回で終わる予定だけれど、そのあとの仕事は特に決まっていない。ひとつだけ、古い馴染《なじ》みの版元から依頼がありそうな、そんな前向きな気配があるだけだ。

今年は文庫が三冊出る予定があるし(初版の発行部数はどちらも驚くほど少ないだろう。予想よりさらに減っていたらどうしよう)、少しだけど貯金があるから、まあしばらくは食いつないでいけるだろうけど、新しい仕事の声が、どこからかかかるだろうか。

来年の仕事、再来年の仕事は?

必ず声がかかる、新しい仕事が続いてゆく、という保証は全然ない世界なのだ。

「声がかからなかったら、やばいよなあ」

恐ろしいものだと思う。むしろ、この不況になるまで、そんな現実に気づかずに書き続けてきた自分が楽天家で、どうかしていたのだと今更のように気づく。

こんなとき、人間関係が根絶していると、実に情けないと知った。同業者に相談できる相手がいないものだから、誰かに頼って新しい仕事を開拓するとか、愚痴をいいあい不安を共有するとか、そんなこともできない。

「困ったものだなあ」

年を経て、気がつくと古くなったマンション十階の書斎で、清花は椅子に腰をおろしたまま、後ろにのけぞって伸びをする。

視界いっぱいに、部屋の壁を埋めつくす、ぎっしり詰まった本が見える。その昔、この部屋に入居するときに改装して、書斎の壁のほぼすべてを作り付けの本棚にしたのだけれど、あっという間に、びっしりと本が並んだ。ちょっとした図書館のようだ。

海外の作家の書斎が壁一面作り付けの本棚になっているのに、子どもの頃から憧れていた。だからマンションを買ったときに、迷いもせずにそうしたのだけれど、地震があったら本の下敷きになるな、と、いまはたまにため息をついている。作家としては、そういう死に方も悪くないのかも知れないけれど。

「意外とすぐに埋まったしねえ、本棚」

もともと本が好き、読むのも集めるのも好きだったところに、職業作家になってしまうと、献本をいただく機会が増える。担当編集者が自分が作った新刊を挨拶代わりに送ってきたり、新しい版元から最初の依頼があるときに（最近はその機会もずいぶん減ったけれど）、書いてもらいたい本の参考として、その版元の既刊の売れ筋の本や編集者がこれはと思った本がまとめて送られてきたり。ごくごく少ないけれど知人だと相手から思われている著者から新刊が手紙を添えて送られてきたり。

するとまあ、一応は目を通すので、本棚に本が並ぶ。子どもの頃から本が好きだった人間なので、本の形をしたものを粗末にすることもできない。趣味に合わなかった本があっても、ごみの日に出すなんてとんでもない。古書店にも売りそびれる。残滓《ざんし》のように残っている良心が痛むのと、仕事が忙しくて本をどこかに売りに行く時間がないのと、何より売るための細かい手続きや梱包がめんどくさいからだと思う。

思えば、子どもの頃、本がどんなに欲しくても買ってもらえるような家ではなかったので、「おとなになったら、本が山ほどあるような家で暮らしたいなあ。本棚に読み切れないほどの数の本が、ぎっしりと詰まっているの。そんな家で暮らすのが夢」

なんて無邪気に願っていたのが、いつかこうして叶ったような気がする。無邪気で純粋な願いだったからこそ、神様か仏様か何かそういう存在がよしよしと願いを叶えてくれたのだろうか、と、思ったりもする。

ふだんは神も仏も信じていない清花だけれど、こんな願い事だけは神様の気まぐれで叶ってしまった、なんてこともあるような気がするのだ。

人間、うかつな願い事はするものじゃない。

「――でもなあ、収入がなくなったら、面倒でもこの本の山を売るしかないのかなあ。他に売れるようなものもないし」

高名な作家の初版本も探せば出てくるはずだ。売れていた頃に週刊誌の書評欄の仕事で送られてきた本を読んだから。刊行当時には話題になった限定版の本もどこかにあったかも知れない。それも売れていた時代に、先生に目を通していただければ、と、どこかの版元から送られてきたものだ。もっとも、そんな本は希《まれ》で、大部分の本が、どこの古本屋にでもあるような、ありふれた文芸書ばかりだけれど。

その「ありふれた文芸書」の一冊一冊が、著者と版元、関係者のひとびとのどれほどの労力を費し、熱意と愛情を持って世に送り出されている美しい一冊一冊であるのか、清花は知っている。けれど、こうして美しいままに古びた本が、いまとなっては小学生のお小遣いくらいの値段でしか売れないことも、悲しいかな知っている。

大部分の本が絶版扱いになり、新刊を扱う書店の本棚や平台にはもう並んでいないということも。

「いまの時代、本がたくさん刊行されすぎて、なのに時代が変わって、本は昔ほど読まれなくなって。書店さんはどんどん減っていくし、つまりは一冊一冊の本が大切に手間と時間をかけて売られるような時代じゃなくなっているんだよね、きっと」

そんな時代に、自分ごとき泡沫《ほうまつ》作家が書き散らしているような、どうということはないイヤミスが売れなくなって、やがては自分自身が消えていくのも仕方がないことなのかも知れない、と、清花は無常感を覚える。

無常といえば、いまの時代そのものにも明るさがない。戦争だの天災だの流行病だのと、この先の未来にいいことがあるようには思えないし、ひとはどんどん死んでゆくし、そんな中で生きている自分自身の人生にもこの先さしていいことがあるとは思えない。

清花は椅子の上で膝を抱え、ため息をつく。

「仕事がなくなって、本を売り尽くしたら、食べ物も買えず、水や電気も止まって、死んじゃう未来が来るのかなあ。餓死か。どうせこんな世の中、長生きしたいとも思わないけど、死に方がエグいというか、悲惨だなあ」

生きることそのものにさして執着はない。叶えたい夢もなく、欲もない。それに何より、自分ひとりが世界から消えたとて、悲しむひともいないだろうと思う。

両親との縁は大昔に切れているし、人間関係はないようなものだし。仕事関係の付き合いはあることはあるけれど、所詮自分のような泡沫作家、消えてしまっても、すぐに代わりに清花のいた場所に滑り込んでくる作家が登場するだろう。

「読者もわたしのことなんか、忘れちゃうんだろうなあ」

そもそもジャンルがイヤミスだ。ひととき楽しい（楽しい？）時間を味わった後は、手元に置かれることもなく、新古書店に売られてしまったり、ごみに出されるような、そんな作品しか清花は書けない。なぜ知っているかって？　新古書店のワゴンや、ごみ捨て場で、自分の本を見たことが何回もあるからだ。

そういう場所にあるのはある程度売れた本、喜ぶべきことなのかもとわかってはいるけれど、自分の本は読み捨てられる本、読み返したり、ずっとそばに置きたいと思われる本ではないのだ、とそのたびにつきつけられる。

ついでにいうなら、ファンレターなんてありがたいものも、数えるほどしかもらったことはない。

それはそうだろうと思う。わかっている。登場人物の性格も、読了後の後味もよろしくない、呪詛《じゅそ》や裏切りや妬みや失望でできあがっているような本を書く作家に、貴重な時間と切手代を割いて、手紙を綴りたいと思えるだけの愛着を覚える読者は少ないだろう。

実際、手元に届いた数少ないファンレターだって、書いてあったのは、著書にあったという誤字脱字を下手《へた》な字で嫌みったらしく指摘した葉書だったり、あるいは、本の内容とまるで関係のない、日記のような文章だったりした。

むしろ、万が一、愛と尊敬に満ちた、優しい文面の手紙が届いたら、清花はぎょっとして、なぜ、と、不信感を覚える自信がある。

そんなもの、清花には、未来永劫《えいごう》届かないだろうけれど。

（そういう手紙はきっと、「ほっこり」した作風の著者のところに届くんだろうなあ）

何枚もの便箋に一文字一文字想いを込めて綴られた手紙に、キャラクターを手描きした愛らしいイラスト、作品のイメージで作りました、なんてメモが添えられた手作りのアクセサリーが同封されていたりするのだろう。

見聞きした話では、そういうものらしい。

「――いや別にうらやましくはないけどさ」

ほっこり系の、優しい物語――。

たまに献本に紛れ込んでいたり、雑誌やネットで紹介されているあらすじを読んだりするだに、自分には縁のない世界だと目眩を覚える。眩《まぶ》しすぎて。人情のあたたかさと優しい幻想が日差しのようにほっこりと物語世界を包む、幸せな幻想に彩られた物語の数々。ああいったものを書く作家というのはきっと、幼い頃から愛情に包まれて、笑顔で楽しく生きてきた人間だろうな、と思うのだ。

きっとそういう作家は、もしかしたらその本の読者たちも、ひとの愛や優しさを疑いなんかしないのだ。人間というものは優しいものだと、お日様の下、笑顔でいきれるひとびとなのだ。あるいは時に傷つきつつも、人間やその世界を信じたいと希望を持つひとびとなのだろう。

イヤミス作家である清花とは、生きる世界が違う。清花の世界は、たとえるならば、日の射さない冷たい地下道。ひとけはなく、じっとりと湿った足下を鼠が走ってゆくような。そこを暗い表情で、でもときどき妖しげな笑みなど浮かべつつ、ひとりうつむいて歩くような作風なのだから。

正直、ほっこり系の作品だけは、生涯縁がないだろうと思っている。まあかつて、「イヤミスの新星」なんて二つ名で呼ばれた時期もある清花に、ほっこり系の幸せな物語を依頼してくる編集者はこれまでいなかったし、これからの未来も存在しないだろうけれど。

「依頼が来たら、きっと蕁麻疹《じんましん》が出るよ」

想像しただけで、腕が痒《かゆ》くなった。

清花の本は、暇つぶしに読まれる本。自分や他人の中にある嫌な部分が描写されているのを、あるあるわかる、と思ったりしながら、日常の中の、ちょっとした不穏な推理ゲームで遊んでみたり、活字になったサスペンス劇場（時にわざとらしいＢＧＭと演出付きの）を見たりするような気分で楽しむ本なのだ。

少なくとも清花自身はそんな気分で書いているから、そんな気分で手にしてくれて大いに結構。ひととき楽しんでくれればいい。どうぞ読み捨ててくれ、と思う。

だからきっと、そんな作家である清花の代わりはどこにでもいる。そんな本は世界中のどこにでもある。

そしてきっといつか、清花は忘れられてゆくだろう。清花の本も名前も、未来には残らないだろう。最初から、この世界に、そんな作家なんていなかったのと同じようになる。きっとなる。愛されない本だから。

イヤミス作家のくくりでも、著名なあのひとこのひとの作品のように、現代社会や人間が深く描写されていたり、何らかの問題提起がされていたりすれば、もしかしたら、清花の書いたものも、世に評価され、大きな賞を受賞するなどして、後世に残ってゆくのかも知れない。けれど清花の書くものには、そんな深さも厚みもなかった。

自分でよくわかっていた。

清花は器用で多少賢いだけ。手癖でそれなりに作品を仕上げ、その繰り返しで運良く、書き続けてきただけなのだ。

「――だからさ」

ほんとうは、イヤミスというジャンルを好きで書いているわけでもないのかも知れない。パズルを組むように頭で考えて書いているだけ。

自分はろくな作家ではないと、自分がいちばん知っている。

「――まあ、どうなろうと仕方ないよね」

静かに、ひとりうなずく。が、餓死だけはごめんだと同時に思いもする。

待てよ、軋《きし》む音を立てるこの椅子もメルカリやヤフオク辺りで売れるだろうか？　だいぶ昔に、それなりに良い物を中古で買ったものだけれども。

キッチンの高級な食器棚に、居間に置いているアンティークのテーブル、あ、ソファにテレビに古いゲーム機も売れるかも。衣類は安物しか着てないから、まず売れないよな——と、淡々と考えていたら、げっそりしてきた。

これじゃタケノコ生活だ。本で読んだことがある、昔のあれみたい。

「売れるものを売り尽くして、がらーんとなった、冷たくさみしい部屋で、孤独死するイヤミス作家って、イヤミスの展開そのものみたいで、ちょっというか、かなり嫌だなあ」

死後発見されて、万が一、新聞や週刊誌の記事にでもなろうものなら、テレビのワイドショーやネットで可哀想にと憐《あわ》れまれたり、笑いものになったりしそうだし、そのうちどこかの作家に（それこそイヤミス作家の誰かに）作品のネタにされそうで、なによりそれに腹が立つ。

「死体になったら、モデル料ももらえないだろうしさ」

無料で誰かの印税のもとになるのかと想像したら、妙にむかついた。

いやまだ死んでもいないのだけれど。

そのとき、にゃーん、という愛らしい声が響いて、白猫のたんぽぽが、書斎に入ってきた。丸くて短い尻尾をぴこぴこと動かして、清花の方へと駆け寄ってくる。金目銀目のオッドアイが嬉しそうにきらきらと輝いて、清花の膝の上へと、ぽんと飛び乗ってきた。

喉が上機嫌な感じでごろごろと鳴っている。さっきまで居間の猫用ベッドに丸くなっていたので、その昼寝から起きたのだろう。

猫というものは、寝る前と寝起きに、人間に甘えてくる。大げさなくらいに。特に寝起きの猫は、遠いところから旅して帰ってきたかのように、幸せそうな顔で駆け寄ってくる。

「よしよし、たんぽぽはとってもいい子」

あたたかなバタークャンディのような白い頭を、そっとそっとなでてやると、猫は膝の上で、嬉しそうに目を閉じた。

四年前の深夜、マンションのそばの側溝で拾ったときは、泥で汚れて真っ黒で、ガリガリに痩せた子猫だったけれど、いまでは宝物のように、綺麗な愛らしい猫になった。

膝の上にあたたかな猫を乗せていると、命そのものを抱えているようで、体重を支える手に、力がこもった。

「――わたしひとりが死ぬ分にはいいけど、たんぽぽを道連れにするわけにはいかないよね。お腹空いたら悲しいよね、たんぽぽ」

猫は両目を柔和な表情で細めた。

そうだ。四年前、この子を拾ったときに心に決めたように、いつかたんぽぽが年をとり、満足して寿命を迎えるその日まで、清花が頑張って、お金を稼がねばならぬ。

きちんと猫を飼ったことがなかった清花が、本やネットで調べて勉強を重ね、一生懸命守り、今日のこの日まで育てた命だ。この先も老いて寿命が尽きるその日まで、幸せに過ごさせてやらなくては。

自分ひとり、この未来のない世界から消えていくのはいいけれど（餓死は嫌だけど）、出会って迎え入れてしまった以上、この猫の命には、責任があるのだから。

この猫には、健康で幸せに生きていってほしいのだから。

子どもの頃、清花は、不仲な両親が、毎晩のようにものを投げ合い、ぶつけ合いながらいい争うのを見ているのが辛く、アパートの狭い子ども部屋にひとりきりでいるのが寂しくて、泣いてばかりいた。

そんな清花のもうひとつの家が、学校図書館であり、借りてくる本はもうひとつの家族や大切な友人だった。図書館があり、本があれば、家でどんなにひとりで泣いていても、泣き止むことができた。本の中には世界があった。果てしなく広がる宇宙があり、今日まで続いてきた人類の歴史があった。美味しそうな料理があり、そしてたくさんの物語があった。寂しさも空腹もよるべない想いも忘れるような、夢と浪漫と冒険が本の形になってそこにあった。

ある日、汚れて痩せた子猫を拾った。小さな白猫だった。両親に隠れて、大切に匿《かくま》った。自分の食べ物を分け与え、抱きしめて一緒に眠った。

暗い子ども部屋の冷たい布団も、子猫と一緒だとあたたかかった。走るような速さで鳴る心臓の鼓動の音や、嬉しそうに喉が鳴る音は音楽のようで、聞いていると、心が落ち着いた。

あんまり子猫が可愛くて、布団の中で、小さな声で、ずっとずっと話しかけていた。そのうち、子猫が主人公の童話のようなお話を思いついて、子猫に話して聞かせた。

それがたぶん、清花がお話を考えるようになったきっかけ——自分にはお話を考えることができると気づいたきっかけだった。最初の物語は、子猫への贈り物だったのだ。

振り返れば、ほんの十日ほどの出来事だったけれど、子猫と過ごした一日一日がぬくもりのある、幸せな日々だった。白い子猫はまるで、子猫の形をした、幸せそのもののようだった。

けれど、子猫は清花が学校に行っている間に、母親に見つけられ、捨てられてしまった。

「うちは貧乏で、お父さんが働かないから、猫なんて飼えないの」といわれた。

「おまえがいるだけでもお金がかかるのに、なんで、猫なんて余計なものを増やすの?」

どなりつける目が、般若《はんにゃ》のようにつり上がっていた。

川に捨てたという子猫を、その日から清花はずっと捜し続け、いつまでも探し続けた。それは二月、まだとても寒い時期で、小さな子猫はどんなに凍えているだろう、ひとりぼっちが怖くて寂しいだろう、と、清花は泣きながら捜したのだ。

けれど、白い子猫は二度と見つかることはなかった。

四年前、マンションのそばの側溝で、痩せて汚れた白い子猫を見つけたとき、清花はふと錯覚を覚えた。まるであの日見失った白い子猫をやっと見つけてあげられたような、そんな気がしたのだった。

「よし、とりあえず、いま書いている原稿だな。これを名作にすれば、きっと新しい依頼のひとつやふたつ、すぐ舞い込むに違いない」

うんうんとうなずき、膝の上に猫を乗せたまま、ノートパソコンの画面に文字を打ち込もうとすると、机の上に置いていたスマートフォンが着信し、バイブレーションで跳ねた。

画面に表示されるのは、いまは数少ない担当編集者のひとりの名前で――。

手を伸ばし、「はいはい」と、返事しながら、清花は思いだした。――そうそう、今日、互いの手が空く時間があったら、Ｚｏｏｍで仕事の打ち合わせをしようという約束になっていたのだった。おとといだったか、そういうメールのやりとりをしていたのだ。

無意識のうちに、乱れた髪を手でなでつけ、頰を叩く。

おそらくは新しい仕事の依頼につながりそうな、そんな感じの打ち合わせになるはず。

『清花先生、いまとかお手すきですか？』

互いに二十代、若かった頃からの付き合いの典子《のりこ》の、ハスキーな声が聞こえる。

「いいよ。じゃ、打ち合わせ始める？」

そういいながら、ノートパソコンの画面上のワープロを終了し、Ｚｏｏｍを起動させる。典子が予約してくれていた部屋の番号とパスワードを入力欄に打ち込む。

『はい。わたしもいまつなぎます』

典子とは新人作家と新人編集者として出会って以来の長い付き合いだ。清花のただひとつのヒット作である最初の本は若き日の彼女が担当してくれたものであり、それもあって、これまでにたくさんのやりとりをしてきたし、形にした本も、思い出も多い。

人間関係というものがおよそ存在しない清花にとって、あるいは数少ない戦友のような、そんな貴重な存在といえるのかも知れなかった。典子の方はどう思っているかわからないけれど。彼女は優秀な編集者で、担当している作家の数も驚くほどに多いのだから。大きな賞の受賞経験も一度や二度ではない。

寝食を忘れ、家にもろくに帰らずに、情熱的に仕事をする彼女は、ちょっと昔の編集者のようなタイプで、性格も豪放磊落《らいらく》、朝まで著者と語り明かし、飲み明かすような人物だ。清花はそんな典子がときどき面倒で、でも付き合うのが嫌ではなかった。

典子が、何の打算もなく、本気で本と本にまつわる世界が好きなこと、清花の書くものを喜び、新作に期待し、渡した原稿を良い本に作り上げようと心をつくしてくれることがわかるからかも知れない。

『あ、たんぽぽちゃん、そこにいるでしゅね』

たんぽぽが画面を覗き込むと、典子は相好を崩した。猫好きなのもポイントが高い。

独り暮らしのマンションはペット禁止だそうで、たまに清花のマンションに打ち合わせに来るときは、典子は猫のおもちゃやおやつ、高価な缶詰をお土産に持ってくる。猫じゃらしを振りながら仕事の話をしたりするので、どうやら清花のうちは、猫カフェの延長線上にあるようなものらしい。

『――さっそくですが、清花先生、いまお仕事のスケジュール、どんな感じです？　雑誌の連載とか、お願いしたら引き受けてくださる、そんな余裕とかありますか？』

清花は、よし、と、ひそかに両手に握りこぶしを作る。願ったり叶ったりだ。

「もちろん、全然オッケーですよ。いつ頃からでも引き受けられそう。なんなら今日明日からでも」

あはは、と画面の中の典子が笑う。

いつも表情豊かなまなざしが嬉しそうだ。

『ありがとうございます。じゃあ、お受けいただけるということで……』

「うんうん。すごい助かるし。ほら、昨今、何かと不況じゃない？　仕事があるとほっとするのよ。この先も何とか生き延びられるような気がして」

いまね、この先仕事がなくなって、餓死でもしたら嫌だな、なんて妄想してたのよ、と笑いながら、清花は話した。

心が軽い。

新しい仕事はほんとうにありがたいし、ましてやそれが典子のように気心の知れた編集者との仕事なら、原稿を安心して預けられる。スケジュールもきちんとたててもらえるし、原稿に的確な指摘ももらえるので、面白い物を書くことだけに専念できる。これが相性の悪い編集者やいまいちセンスが良くない編集者だと、編集者の能力があてにできず、著者の負担が増えるので、作品の出来はどうしてもいまひとつになりがちだ。

連載原稿は、完結後、単行本になり、その後、二、三年で文庫化されるのだけれど（昨今は不幸にもそうならない本があるらしいとは聞いている。清花は若い日の一時の栄光があるので、いまはまだ、単行本化も文庫化も普通の流れだといえるのだけれど)、その作業も、優秀な編集者である典子と一緒なら安心だ。大船に乗った気持ちでいられる。本はちゃんと宣伝されて、愛書家の間で話題になり、それなりに売れて、重版もいくらかはかかるだろう。初版もそこそこの数、刷ってもらえるかも?

まあまずは連載を始め、それを無事完結させてからの話だけど。

(ありがたや)

画面の向こうにいる典子を思わず拝んでしまう。

そんな清花の様子を見て、何を思ったのか、典子の表情から、ふと、笑みが消えた。

あまり見たことのない、シリアスなまなざしで、担当編集者の目が、清花を見つめる。

『それで、実はひとつ、わたしから提案があるんですが——。清花先生にはもしかしたらびっくりな話かも知れないんですけど、まずは、聞いてみていただけますか?』

「提案? 何?」

清花は首をかしげ、すぐにうなずいた。

「いいわよ、話して。たぶん、大抵のことなら、なんとかできると思うから」

新しい仕事を始めるにあたって、編集者の側から、その作品のテーマやモチーフ、設定や、主に対象とする読者層のことなどについて、提案という名の希望が伝えられるのはよくあることだ。

清花は（自分でいうのもなんだけど）器用な作家なので、これまでも余裕で編集者の提案に寄り添うような原稿を書き上げてきたつもりだ。

ましてや今回は、清花の側に書きたいものがすでにあるという訳でもない。いわばまっさらの、物語も世界観もキャラクターもこれから考えるところなのだから、むしろいま典子の側の希望を聞いておいた方が、考えるのが楽だともいえる。

ふふ、と清花は腕組みをして笑う。

「どんな希望でも聞こうじゃないの。最高なイヤミスにしてあげるから」

『ええと、それが――』

典子はいいよどむ。

しばし、考え込むようにまなざしを伏せて、やがて意を決したように顔を上げた。

『今回の連載はですね、イヤミスじゃなく、清花先生には、たぶん初めてのジャンルの小説に挑戦していただきたいんです』

「初めてのジャンル？　イヤミスじゃなく？」

清花はまばたきをする。――そんなもの、デビューして以来、書いたことがない。

ずっと、似たような作品ばかり書いてきたのだから。例外はエッセイくらい？　コラムくらいの分量のものなら、たまに新聞や雑誌から声がかかるので、書くことはあった。

そんなときも、イヤミス作家としての清花への依頼なので、そういう視点で書いてきた。

そう、清花はイヤミスの作家だ。華やかなヒット作が過去にひとつしかなくても、イヤミスだけを書き続けてきた作家なのだ。

新しい版元の、新しい編集者との出会いがあるたびに、例外なく、

「うちにも、同じような作品をお願いします」と、清花の既刊のイヤミスのタイトルを挙げられて、はいはい、と書き上げて渡してきたのだから。

これまでの作家人生をイヤミス請負人、というか、イヤミスの職人として生きてきた。イヤミスを量産してきた日々だった、といえる。

けれど、画面の向こうの典子は息をつき、思いがけない言葉を口にした。

『清花先生、ほっこり系の作品、書いてみませんか？』

「――えっ？」

『市井のひとびとの、ありふれた、けれどいとしい日々の暮らしや心和むエピソードが描かれ、小さく、優しい奇跡が起きるような、読んでいてつい口元がほころび、幸せになるような――清花先生には、今回、そんな小説を書いていただきたいと思っています』

きっと良いものが書けると信じています。

担当編集者は、重ねてそういって、自分の言葉にうなずくようにした。

「えっ、でもあの、その、典子さんは、昔からわたしのイヤミスが好きで、評価してくれてたんじゃなかったんですか？」

だから今日まで、長い年月、担当してくれていたのじゃなかったのか、と頭が混乱した。

「ええとその、もしかして、わたしの書くものは時流に合わなくなった、とか、あるいは、いつの間にか作品の完成度が落ちていて——だから、新しいジャンルで一か八か頑張れとかそういう提案だったりするのかしら？」

そういうことなのだろうかと思うと、途方に暮れる。

（どうしよう。どうしたらいいんだろう？）

もしかして、この担当編集者に見放されるようなことがあれば、いよいよ餓死に近づいてしまう。自分はともかく、猫が可哀想だ。

なぜだか、典子は優しいまなざしになった。

清花を落ち着かせ、なだめようとするように、静かに言葉を続けた。

『時流に合わない……というよりも、時代にマッチしていないような気がしたんです』

「時代に？」

『ここ数年、ずっと考えていたんです。いまの時代に形になるべき本は、どんな本なんだろうって。幸い、若い頃から、こうして本を作る現場にいて——一般のひとには不可能な、理想の本をこの手で作り上げる、そんな仕事がわたしの職業ですよね。これって魔法使いの魔法みたいな、素敵な仕事だと以前から思っていました。無から有を作り出す技。この世界に存在しない本を、著者のみなさんをはじめとする大勢の力を借りて、顕現させる大いなる仕事です。希望通りに編集者になれたときに、自分は魔法の杖《つえ》を手に入れたんだと思いました。——そんな話、以前たしかしましたよね？』

いわれてみれば、互いに若かった頃、夜更けにどこかのホテルのバーで、そんな言葉を聞かされたのを覚えている。まだ一緒に仕事を始めたばかりの頃。彼女は初々《ういうい》しく頬を染め、自分の得た力を喜び、誇りにしているのだといった。

この魔法の力を大切に使わなくては、と。大きな責任も持つ力なのだから、と。

『それからは、子どもの頃からの本好きのひとりとして、この世界にあるべき本を、一冊一冊作り上げてきたつもりです。今日まで形にしてきた本は、みんな可愛い我が子です。忙しくて仕事が好きすぎて、家庭も持ちませんでしたから、ほんとうに我が子と同じ。でも、ふと気がついてみれば、いつか仕事に慣れていた、と思いました。慣れすぎてました。切実に、この本こそ、この物語こそ、世界にあれ、と思うような本を、自分は作れていただろうか、と思ったんです。

特に昨今は、悲しい話題が多いじゃないですか。日々、こんなに辛い出来事が続くのか、なんでこんなにひとが死んでいくのか、神も仏もないのかと思うようなニュースばかり。こんな時代だからこそ、優しい本を、ほっとできるような物語をこの手で作り上げたいと思いました。初心に戻って、思いました。

──ねえ先生、わたしたち本を作る者には、武器を手に取ることはできません。空から降るミサイルを防ぐことも、地震を鎮めたり、流行病を止める力もありません。──けれどわたしたちには、物語を、本を作ることができます。その本を手にし、頁をめくるひとたちに、ひととき心を休ませ、ゆっくりと呼吸をさせることが。

恐怖と孤独に泣くひとびとに寄り添い、ひとりではないよ、あなたを忘れていないよ、と、本の形をした祈りと心を届けることができますよね？』

きっとその言葉は、何度も嚙みしめ、考えて口にした言葉だったのだろう。

胸の奥に染みこんでくるような典子の言葉を聴きながら、その言葉が放つ深い祈りに気づいたからこそ、清花はためらった。

「――でもわたしは、ただのイヤミスの専業作家で。そういう、優しいお話を書くのなら、ほっこりしたお話が得意な先生方にお声がけした方が、良いものができるんじゃないかと……」

そうだ。自分は、楽なところで仕事を続けてきた、一介のイヤミスの職人に過ぎない。

そんな大切な仕事は、読者から心を込めたファンレターをもらうような、ほっこり系の人気作家の先生に依頼した方が絶対に良い。

けれど、典子は明るい声でいった。

『わたしは、清花先生がお書きになる、優しいお話が読みたいんです。清花先生に描いていただきたいんです。――ただ、ほっこり優しいだけのお話じゃなく、遠い空の星明かりを見上げるような気持ちになれる、夜の闇の中にありながら、ひとの善性を信頼し、それに憧れるような美しい物語を書ける方だと信じているからです』

「――ええと、いやそれはその、そういう作品は、わたしには難しいというか。やっぱり無理だと……」

誰か自分ではない作家に向けて話すべき言葉を、聞いているような気がした。

二月終わりの、冷えた部屋なのに、額に滲む汗を感じた。

ただならぬ気配を感じたのか、猫のたんぽぽが、心細いような声で鳴きながら、清花を見上げる。

『わたしが清花先生の書くイヤミスが好きな訳を、いままできちんとお話ししたこと、なかったですよね？　――わたしは先生のお話の中に潜んでいる、かすかな声がいつも気になっていたんです。登場人物たちの、どろどろした会話や、裏切りや、罵り合いが続く中で――気づいていましたか？　先生の描く登場人物たちはいつも、こういっていたんです。――「幸せになりたいのに」って』

「――」

『先生の描く登場人物たちは、いつもみんな不幸なんですよね。いやイヤミスですから、それは当然といえば当然なんですけど。――でもなんというか、幸せになりたいひとびとの物語なんです。救われたいと願っている、そんなひとびとの物語なんです。寂しくて誰かのそばにいたくて、誰かを愛したい、優しくしたい。けれど不幸にして願いが叶わない。心弱くて、願いに手が届かない。助けを求めたいけれど、それができない。思いはすれ違い、報われない。そんなひとたちの話を先生はずっと書いてらして――わたしはそのいくつもの叶わない願いがいつも愛しかった。愛しいと思って読んでいました。だって、人間、みんなそうじゃないですか？　みんな幸せになりたくて、でも、願いは叶わない。強くなれなくて、無駄に傷つけあってしまう。自分を嫌いになって泣いて悔やんで、でもまたきっと、間違えてしまう。

で、ですね。それはたぶん、先生自身の想いなんじゃないかと思うんです。世界には不幸なことが多く、人間は心弱く、裏切ることも傷つけることもある。けれどひとの心にはたしかに、美しい一面もあり、ほんとうはそれを信じたいと願っている。――誰よりも心弱いと諦めている自分にだって、きっと強さは隠れている。そう思いたい。他人を、自分を、人間を信じたい。それが先生の作品の中から聞こえる声なんです。

その想いを、そのまま作品にしてみませんか？　所詮人間なんてこんなもの、とか、信じたって無駄だよね、ほらやっぱり、なんて、いつものようにそっちにまとめるのではなく、先生が信じたい願いをそのまま、優しいお話として書き上げる――きっとその物語は、多くのひとの心を照らす、光になると思うんです。暗い時代に、はるかに遠い空の星を見上げて歩き出す元気が出る、そんな光を放つ作品を、描いてみませんか？』

画面の中の担当編集者はそういって微笑んだ。

担当編集者の声を聴きながら、清花の思いは、ふと過去へ飛んだ。

そんなことといったって、と脳内でぼやくうちに、気がつくと逃げるように目の前の――画面の前の現実から離れ、過去へと返っていたのだ。

両親は清花にまるで興味も関心もなかったので、家を出ることはたやすかった。

十代の娘といえど、そこそこ頭も良く、その当時はひとと会話することも嫌いではなかったので（思えば、血のつながりがある家族よりも、他人の方がよほど、清花に優しく親身になってくれたものだ）、学校の教師たちを始め、あらゆるおとなたちの助けや知恵も借り、高校生活の終わり頃には独り暮らしを始めていた。

奨学金を借り、いくつもアルバイトを掛け持ちしてまで、大学進学を決めたのは、たまたま近くにある古い文系の大学に、歴史のある大きな図書館があると聞いたからだ。つまりは、進学の動機は図書館とそこにぎっしり詰まっている本だった。若くして作家になった後に訊かれたように、将来のことを考えて文学部に進んだわけではない。進学先に日本文学科を選んだのも、清花にとっては英語より国語の方が点を取りやすかったから。それだけだ。

未来のことなんて何も考えていなかった。ただ、実家を出て自由になったことで、これからは自分で働いて稼いだお金で生きていくことができるのだと、そのことが嬉しくて、もう一生それだけでいいと思っていた。

卒業後に就く仕事を選ぼうなんて思わなかった。自分ができることならどんなものでもいい。たくさんのお給料はいらない。食べていけて、家賃が出るだけのお金をもらえれば。広くて綺麗な部屋に住まなくてもいい。ただ静かで平和な部屋で暮らして、自分で買えるだけの数の本が本棚にあれば、それで良いと思っていた。あとはできれば季節ごとに花を一輪。豪華な花でなくていい。スーパーで買えるような花でいいから部屋に飾りたい。いつか年老いて働けなくなる日まで、日々をそんな風に生きていけたら。

そんな清花の、最初で最後の贅沢が、憧れとわがままが、四年間の大学生活だと考えていたのかも知れない。


だから、大学生活をエンジョイするつもりはなかった。

普通の学生たちのようには。そんなこと、清花には贅沢に贅沢を重ねるようなものだと思っていた。罰が当たるよ、と。神様も仏様も信じてはいなかったけれど。

けれど入学後の清花は、出会ったばかりで、まだ顔見知りの友人程度だった頃の彼氏に誘われて、彼が属している人形劇のサークルに入った。人形にもお芝居にも興味がなかったのだけれど、迷いながら部屋を訪ねたら大歓迎されてしまい、先輩たちや同期の新入生の雰囲気も良く――そうすると、強く断る気にもなれなかったのだ。サークルに誘った彼は、出会いの日に、階段から落ちかけていたところを助けてもらった、恩人ではあったし。

アルバイトを複数こなしながらのサークル活動は、めまぐるしく忙しく、みんなのようにはいつもは顔を出せなかったけれど、気がつけば、サークルの部屋は、日々の疲れを癒やす場所になっていた。自分から打ち解けることは得意ではなかったけれど、楽しげに笑い話すみんなのそばにいるのは、不思議に楽しいことだった。

清花は無器用で、人形を作ったり、衣装を縫うことはできなかった。人形を操ることも、あまりうまくできなかった。けれど、先輩たちを手伝って、人形劇の台本を考えるうちに、それが自分にもできること、その場にいる誰よりも巧くて、そしてとても楽しいということに気づいた。台本なんて書いたことがなかったけれど、気がつくと清花の頭の中には、どこまでも続く図書館に並んでいる本のような、無数の物語の欠片があった。その欠片をひとつひとつ取り出してつなげると、それが物語になり、台本になった。

思えば子どもの頃から、自分でお話を考えることは好きで、得意だった。いなくなった子猫に童話を話して聞かせたあの頃から。

先輩たちは、すごい、天才作家だ、と盛り上がってくれて、清花は初めてのように、自分に居場所ができたことを知ったのだった。

人形劇のサークルは、いわゆる家族に恵まれない子どもたちのためにいろんな施設を回ることがあった。子どもたちも、施設にいるおとなたちも、みんな清花たちの拙い人形劇を喜んでくれた。週末や長い休みには、運転免許を持っている先輩たちの車に分乗して、みんなで遠くの町に行くこともあった。

そんなときは、国民宿舎や安い宿にみんなで泊まったりもした。宿の食事は正直いって、大ざっぱな盛り付けや味付けのものだったけれど、みんなで食べると美味しかった。非日常な時間故の解放感からか、こんな風に集団の中で笑っているのは初めてのような経験だったからか、あるとき清花は会話の弾みで、自分の家族の話をした。高校時代までは、そんな話を友人にすることはなかったのだけれど、ふわりと口から出てしまったのだ。その場にあった、軽くて甘いアルコールのせいだったのかも知れない。

(何を話したっけなあ。両親が家に揃ってることはあまりなくて、ふたりともいるときはものを投げ合って喧嘩してたとか。たまに包丁が飛んだりして、サスペンス劇場みたいだったとか。

気が向かないとご飯を用意してくれないから、いつもお腹が空いていたとか。高校生になって、外で働けるようになって、バイト代で食材を買ってきて、見よう見まねで料理を作ったけれど、何が気に入らなかったのか、ふたりとも不機嫌になって、箸もつけてくれなかったとか。そのうちふたりともそっぽ向いてどこかに出かけちゃって、お味噌汁《みそしる》が鍋の中で腐っちゃったとか。馬鈴薯《ばれいしょ》のお味噌汁は傷みやすいとか、知らなかったんだよなあ）

そして、子猫を捨てられた話。どんなに捜しても見つからなかった、そんな話もした。

気がつくと、みんな、しんとして清花を見ていた。そのときになって、ああしまった、と思った。さしてプライドのない清花でも、みんなに可哀想だと思われたり、憐れまれたりするのは耐えられない。

「――ええと、いわなきゃ良かったですかね。ちょっと重い話でしたよね」

冗談めかして笑ってみせたとき、みんなは何もいわなかった。ただ、さらりと話題が変わってゆき、それぞれの優しいまなざしがときおり気づかうように清花を見た。

（それと、桃）

そのときの旅行先は美味しい桃の名産地。その日の宿の食事にもデザートとして、少しだけ不揃いな小さな桃がひとりにひとつずつ並べられて、みんなが歓声を上げたのだけれど、なぜだかみんなが、その桃を清花に譲ってくれたのだ。ひとりが渡したら、みんなが、わたしもあげる、俺ももうお腹いっぱいだから、と。

清花の前には、まるでお供え物のように、甘い香りの桃が並び、清花は戸惑いながら、何だか嬉しくて楽しくなって、笑ってしまったのだった。アルコールのせいもあって、いつもより笑うのがたやすかった。清花が笑うと、みんなもほっとしたように笑ってくれた。

それから別に、みんなの清花に対する目が変わったような記憶はない。ただ、あのとき食べた小さな桃が美味しかったことを、清花はずっと覚えている。それからどんなに高価な桃を食べても、あのときの桃ほどには美味しくないことを、清花はずっと忘れない。


「――みんな、元気かなあ」

清花は呟く。

もう長いこと会っていない。

あんなに優しい先輩と、仲間たちだったのに、清花の方から遠ざかってしまった。

担当編集者とのＺｏｏｍでの打ち合わせが終わった後、窓越しの暮れてゆく空を見ながら、清花はひとり、自家製の梅酒を飲んだ。グラスに氷を入れて揺らすと、ふわりと梅の良い香りがする。

この部屋のベランダは広く、日当たりも良いので、清花はその時季になると梅を干し、梅酒や梅干しを漬けている。作り方は本やネットで調べた。

寒い時期には干物も作る。本来はファミリータイプの物件なので、同じマンションの他の住民たちは、カフェテーブルを出してお茶を飲んだり、流行のベランピングなるものをしたり、緑や花を育てて、空中庭園をこしらえたりしているようだけれど、清花のベランダにはいまひとつ優雅さが欠けていた。

「――まあ、イヤミス作家だしね」

何となく、イヤミス作家には、カフェテーブルよりも干物の干し網が似合っているような気がする。――いやどうだろう？　イヤミス作家でも、あの先生とかこの先生なら、カフェテーブルもベランピングも絵になるというか、似合う気がする。

「あーやっぱり、蕁麻疹出たな……」

肘《ひじ》の内側の柔らかい皮膚をかきながら、清花はため息をつく。さっきの担当編集者の提案を思い返して、再度ため息を。

「ほっこり系はわたしには無理だと思うんだけどね。自分でも違うなって思うもん」

やはりそういう作家は、ベランダでは梅や魚を干すよりも、ハーブを育てているんじゃないかと思う。薔薇《ばら》を咲かせたりとか。

「そういう人生は辿らなかったものね。運に恵まれなかったというか」

神も仏も信じない清花だから、運命なんていうファンタジーも信じるつもりはなかったけれど、小説的ないい方をするならば、自分には幸福になるだけの運がなかったのだと思う。そういう星の下に生まれつかなかった。

「――幸せになりたかったけどねえ」

さっき聞いた、担当編集者、典子《のりこ》の言葉を思いだす。

『先生の描く登場人物たちは、いつもみんな不幸なんですよね。いやイヤミスですから、それは当然といえば当然なんですけど。――でもなんというか、幸せになりたいひとびとの物語なんです。救われたいと願っている、そんなひとびとの物語なんです』

そうだ、たしかに清花は幸せになりたかった。なりたかったんだと思う。清花が書いてきた物語の、キャラクターたちはどうだったかわからないけれど。いわれるまで意識したことはなかったけれど、何かこう、滲み出るものがあったのだろうか。

子どもの頃は、心からの願い事は、祈れば叶うような気がしていた。幸せになりたいとか、誰かに幸せでいてほしいとか。両親が仲良くなれば良いのに、とか。

(サンタクロースも来ない家だったのにね)

いい子にしていれば、いつかどんな願いも叶うような気がしていた。きっとどこかにいる誰かに願いが届く日が来るのだと。

いつから願い事をしなくなったんだろう。覚えていない。たぶんその頃から、神様も仏様も魔法も奇跡も、信じなくなったのだろう。

「実際いないし、ないしね、そんなもの」

もしいたら、願い事が叶うものなら、いまの清花はこんな風に、二月の黄昏時《たそがれどき》、ひとりで梅酒を飲みながら、蕁麻疹をかきむしったりしていなかっただろう。

「蕁麻疹にはアルコール良くないんだっけ。忘れてたなあ」

昔、一緒に暮らしていた彼氏から聞いたのだ。飲んだらだめだよ、かいたら腫れるよ、と、優しい声で懇々と諭された。思えばずっと昔のことなのに(実に赤ちゃんがおとなになるくらいの)、部屋の空気を震わせる、よく響く低い声を思いだせる。声だけじゃない、部屋着の胸元の匂いだって思いだせる。よく日に干した部屋着の、甘くあたたかな匂い。

幸せになりたかった。幸せになってほしいひとがいた。あれは幸せになるべきひとだったと思う。もし神や仏がいるものならば。

けれど、彼は死んでしまった。

もうずうっと昔のことだ。二十年も前の学生時代のこと。このマンションを買う前、日当りだけは良い、古い小さなアパートで、束の間、彼と暮らした。ままごとのような日々だった。気恥ずかしくて、照れくさい、思いだせば幼さに笑えてしまうような日々だった。毛布をかぶって叫びたくなるくらいに。

「——でも、楽しかったな」

あの頃の記憶のどれを辿っても、いつも光の中にいたようにまばゆくて、明るい。ふたりで料理を作って食べたこと。一緒に眠ったこと。手をつないで近所を散歩したこと。小さな花の鉢を買って育てたこと。街外れの映画館に映画を見に行ったこと。古い銭湯に通ったこと。帰り道、少しだけ遠くまで歩いて、夜更けの波が打ち寄せる海を見に行ったこと。波を照らす月の光が綺麗だったこと。日常の中のどんなありふれた場面も、いつも光の中にある。

さよならは、あっけなかった。なんということもないありふれた雨の午後、彼は、アパートの外の鉄階段から落ちて、頭を打って死んだのだ。その直前まで、笑いながら会話していた。傘を差して、一緒に買い物から帰ってきたところだった。もっというと、あのとき階段から落ちるべきだったのは、清花だった。会話が楽しくて、大笑いした弾みで、濡れた階段から足を滑らせて落ちそうになったのだ。彼はとっさに、清花の手首を引いて、階段の上へと軽く突き飛ばすようにした。代わりに自分がバランスを失って、音を立てて下まで転げ落ちていったのだ。

清花は慌てて、階段を駆け下り、駆け寄った。彼は地面のコンクリートで頭を打ったようだった。大丈夫だよと笑いながら、身を起こそうとしたけれど、わずかも起き上がれなかった。コンクリートに赤い血が流れていった、その色の鮮やかさを、清花はいまも覚えている。清花を見つめていた、黒々とした優しい瞳のまなざしも、大丈夫、と繰り返しながら、口元に浮かべていた明るい笑みも、目の奥に焼き付いている。

救急車を呼んで、すぐに病院に行ってもらえたけれど、助からなかった。

あまりにも突然すぎたのと、人間はこんなに簡単なことで死んでしまい、永遠にさよならになるのかということが信じられなかった。

彼氏の家族は、彼から清花のことを聞いて知っていたので、清花は彼の故郷で行われたお葬式にも行って、さよならもさせてもらえたけれど、すべてが夢の中の出来事のようだった。

ただひとつ、くっきりと思っていたのは、こんなにいいひとが死ぬなんて、神様はやはりいないんだということだった。

(死ぬなら、わたしが死ねば良かったのに)

清花が死ぬべきだったと思った。なんてひどい運命なんだ、こんなの間違っている、と。

故郷の町のお葬式で、仲の良さそうな家族や親戚や、子どもの頃からのたくさんの友人知人にその死を惜しまれ、泣かれた彼ではなく、自分が死ねば良かったのだと思った。みんなにとって大切なひとだった彼ではなく、ひとりぼっちで、世界とのつながりの薄い自分なら、死んでも誰も悲しまないのに。

(そうなるべきだったのに、わたしなんかの代わりに死んでしまった――)

優しい彼の、大きなてのひらは、誰かを助けるためにあったから。出会ったときにもそうしてくれたように、彼はためらうことなく、その手をさしのべてくれたのだ。

思い出の中の彼はいつまでも若いまま年をとらず、明るく優しい笑顔のままで。

(お肌なんかつやつやで、表情がちょっとだけ幼くってさ)

ひとつ年上だった彼の話すことを、当時は尊敬して聞いていたけれど、その年齢をはるかに超えたいまでは、学生なりの考えの甘いところや、知識や思想をつぎはぎしたところ、発展途上の思考の未熟さや、いい加減さもわかる。でもそれさえも愛おしく、あのまま成長していたら、どんなに立派な人物になっていただろうかとほろ苦く思ってしまう。

「おとなになったところを見たかったな」

故郷の家の、酒屋を継ぐんだといっていた。酒屋の若旦那と呼ばれ、近所のひとたちに――あのお葬式に集まっていたひとたちに、声をかけられ、愛されていただろう。

いまを生きる清花だけはひとりおとなになり、年々老いさらばえていく。枯れてしぼんでゆく花を撮った映像のように。気がつけば、目元に皺もでき、あの頃の彼の母親でもおかしくないような年齢になってしまった。やがてもっと年月が経てば、清花はおばあさんになり、思い出の中の彼が孫のように思える日も来るのかも知れない。

その頃になって、やっと、清花の寿命が来て、死後の世界で彼と再会できるとしたら——。

つい、笑ってしまう。

「わたし、あの頃みたいに細くないし、おまけに皺々のおばあちゃんになっちゃうのなら、天国で再会しても、わたしだってわかってもらえないかもね」

まあ、死後の世界も天国も、そんなものは存在しないんだろうから、いいんだけど。

いつの間にかそばに来ていた白猫のたんぽぽと一緒に、夜になって行く空を見ながら、清花はふと、思った。

「天国や地獄はないかも知れないけど、パラレルワールドはあったりしないのかな?」

並行世界。パラレルワールド。

SF小説や、映画やアニメに出てくるような、異なる世界の連なり。

彼氏はそういう話が好きで、もちろん清花も興味があって、たまに話した。

現実には存在しなかった過去の先にある世界。可能性的には、ありえた未来の世界。

(世の中には無数の、存在したかも知れなかった未来と、その先に実現するはずだったいまがあって、この宇宙には、たくさんの世界が観測されないまま、並行して同時に存在している

――のだったかな、どうだったかな？）

蕁麻疹をかきながら、清花はぼんやりと若い頃に何かの本で読んだ、その知識の記憶を掘り起こそうとする。――量子力学だったっけ？　物理学で説明つくんだったかな？

たとえば、あの雨の日に、彼ではなく、清花が階段から落ちて、死んでいる世界。清花は存在しないけれど、その代わりに、おとなになった彼がいまの時代を生きている世界。そんな世界が重なりあって存在しているのだとしたら。見えないだけで。

宇宙には無数の「いま」が――未来がある。

「わたしはそっちの未来でも良かったな」

氷が溶けきった梅酒を口にして、清花はほろ苦く笑った。

そんな世界を見てみたかった。

「死んじゃったら、見られないのかな、その世界。自分がいない未来の世界は。えーと、お化けになるとか、そんな感じででもだめなのかな」

酔いに紛れて笑う。神も仏も天国も存在しないんだから、お化けもいないだろうけど。

彼氏のお化けだって、あれからどんなに待っても出てきてくれなかったし。だから、そもそも魂だって、ないのだと思う。ひとは死んだらそれでおしまいなのだ。

その夜は、食事を作る気にもなれず、冷蔵庫のチルド室から買い置きのシーフードのピザの箱を出し、オーブンレンジであたためた。どこかの有名なレストランのやや高価なもののお取り寄せなので、味は悪くない。

窓の外の夜景を見ながら、冷えた白ワインと一緒にダイニングでいただくうちに、ゆるゆると考えが浮かんできた。

「――ほっこり系の小説か」

いままで書いてみようと思わなかっただけで、書いてみたら意外と書けるのかも知れない。清花を天才だといってくれた、サークルの先輩たちが、清花の台本をいつもすごいすごいと褒めてくれた亡き彼氏が、記憶の中から、

「大丈夫、できるよ」

と、応援してくれるような気がした。

みんなもう、清花のそばにはいないけれど。

「一作だけ、書いてみようかな?」

たとえば、彼の大きなてのひらのことや、みんながくれた不揃いな桃の甘い香りや、そんな優しい記憶につながる想いをエッセンスにしたお話なら、描けるのじゃないだろうか。柔らかな記憶を土壌にして、ほっこり優しい物語の芽は出てこないだろうか。

「まあ、挑戦してみるだけだけどね。それでだめなら、典子さんも諦めてくれるだろうし」

長い付き合いの担当編集者からの提案なのだから、やるだけやってみるくらいはしてもいいのだ、と清花はうなずく。せっかく、読みたいといってくれているのだから。あんな一流の編集者に、そんな依頼を受ける作家なんて、ちょっといるもんじゃないぞ、と思う。

「うーん、でも、イヤミスじゃないお話って、どう考えて書けばいいんだろう？」

もう二十年も、後味の悪い話ばかり描いてきたので、どうも脳や指のどの部分を動かせば良いのかわからない気がする。

いままでは、頭の中の図書館から、物語の欠片を引き出すようにして書いてきた。子どもの頃から読んできた物語や、たくわえてきた世界や人類についての知識が、いつの間にか頭の中にお話の元を作り上げていて、見えない指を差し入れれば、こちらの世界へと引き出すことができた。あとはそれを美しくパズルのように組みあわせて。ふくらませて。

リアルの清花が経験したことのないいろんなことや、会ったことのない世代や職種のひとたちのことだって、いつもそうやって思いだすようにして書くことができた。

登場人物もそんな風にして引っ張り出して考えたけれど、それはどこか、人形劇の人形たちを作り上げ、演じさせる気分に似ていたかも知れない。清花の創りだした物語を演じる人形たち。それは人間ではなかったから、正直、愛着はあまりなかったかも知れない。愛着がなかったからこそ、裏切ったり裏切らせたり、自殺したり殺されたり殺したりしても——大丈夫だったのかも知れない。みんな幸せになれなくても。

「——最初はそうでもなかったな」

いちばん初めに書いてみた推理小説だけは。あれはイヤミスだけど、登場人物はみんな、そこそこ幸せになり、明るく終わった、そんな不思議な作品として仕上げた。新人賞に応募して、見事受賞して、それがきっかけで、清花は作家になった。映画になりゲームやTVドラマになって、その後の清花の人生を支えてくれた。一風変わった、読後感の良いイヤミス。お洒落でひねくれていて、多少は嫌な事件があったりもするけれど、どこか明るくて許せてしまう推理小説。あんな作品はたぶん二度と書けない。

「当て書きして書いた作品だったんだよね」

サークルの部屋に置いてあった大学ノート。三年の終わりから四年にかけて、それにサークルのみんなをモデルにした推理小説を書き綴った。イヤミス風味の推理小説にしたのは、その頃サークルでイヤミスが流行っていたから。みんなで貸し借りしあっていて、いつも誰かの本が部室に何冊も転がっているような状態だったから。登場人物たちを当て書きにしたのは、受け狙い半分、冗談半分だったように思う。みんながいつも清花の台本を褒めてくれるから。それが嬉しくて、もっとたくさんの笑顔が見たかったのかも。

それと、そろそろサークルの引退の時期でもあって、楽しかった日々の記念になるものを書きたい、そんな思いもあったのだと思う。

みんな、最高に喜んで読んでくれた。自分がモデルのキャラクターをもっとかっこよく書いて、もっと可愛くして、なんてリクエストにも応えた。みんなにそれぞれ見せ場も作った。そんなあれこれも楽しかった。授業とバイトの間に、連載するように書き続けた。

完成したとき、仲間のひとりが、新人賞に出してみたら、と勧めてくれた。推理小説の専門誌に公募のお知らせが出ているという。これ、絶対に面白い、サークルの中だけで読んでいるのは勿体ないよ、と。そのひとだけじゃなく、みんなが勧めるので、断り切れなくなった。

自分には絶対そんな才能はない、それにこの作品をこんなにみんなが喜ぶのは内輪受けしているのだろう、と思ったけれど、宝くじを買うような気持ちで、出してみた。

少しだけ、夢も見た。——そのときまで、作家になりたいとか、本を書きたいとか、そんな夢、自分には手の届かないものだと思っていた。子どもの頃から、本が大切で大好きだからこそ、恐れ多くて、そんな夢を見ることができなかった。

ある日、その雑誌の出版社から、携帯に電話がかかってきた。新人賞の最終選考に残ったという知らせの電話だった。そんな知らせがあるなんて、清花は知らなかった。そして、数日後、電話はもう一度鳴り、あなたが大賞を受賞しました、おめでとうございます、と電話の向こうの朗らかな声が教えてくれた。


ぬるくなった白ワインの、グラスの底に残ったひと雫《しずく》を逆さまにして飲んだ。

「——こう考えると、けっこう、幸せな思い出も持ってはいるのよね、わたしも」

最後の雫は甘く、どこか遠い日に食べた小さな桃のあの香りを感じさせた。

新人賞の受賞が決まったあと、サークルのみんなでお祝いの宴《うたげ》を居酒屋で開いてくれた、そんな記憶も蘇る。その店は清花のバイト先のひとつで、バイト仲間やお店の人が喜んで、料理の皿をいくつも無料で、テーブルに並べてくれた。みんなで乾杯もした。隣の席や近くの席の、知らないひとたちまで、めでたいめでたいと一緒に盛り上がってくれた。

二次会のカラオケに行き、三次会は駅のそばのコーヒーショップ。その頃には、もう彼氏と暮らしていたから、三々五々別れた後に、ふたりで静かに夜の道を帰った。夜明け前の路地は街の灯りも消えて、辺りはひっそりと寝静まっていた。特に何も会話しなくても、祭りの後の楽しさが暗い夜道を照らすような、そんな夜だった。幸せな夜だった、と思う。

「あれから、いろんなことがあったなあ」

ほんのわずかな間の出来事だったようだけど、実際には、数か月の間に起きたこと、になるのだろうか。

学生時代最後の年。同期のみんなが就職活動に励む中、清花はアルバイトしながらの新人作家生活を目指すことを決めた。担当についた典子と編集長の指導のもと、受賞作の原稿を単行本化に向けて手直しする日々を続けた。

先に卒業していた彼氏はいずれ故郷に帰って家を継ぐことが決まっていたので、家業に関係のありそうな職種を探して短期で働いたりして、見聞を広めながら、たまにサークルに顔を出して、新人の指導もしていた。

のんびりと落ち着いた日々を送る中、どちらからともなく、決めていた未来があった。

いずれふたりで彼の故郷へ帰ろう、と。

清花にはこの街で暮らし続けなくてはいけない理由はなく、作家という仕事はどうやらどこで暮らしても続けられそうだ。古い酒屋の若奥さんとして、静かな町で暮らしながら、小説を書き続ける未来というのも、素敵なことではないだろうか、と。

「清花は猫、好きだろう？　店には代々鼠よけの猫たちがいるぞ。すごく可愛がられてる」

お店の猫と一緒に店番をして、近所のひとたちと仲良くなって。やがて少しずつ町に溶け込んでいって。優しそうな彼の家族にできれば好いてもらって、お料理や片付けものや、いろんなことを教わったりもして。そのうち、子どもが生まれたりするのだろうか。子どもは、家族や猫や町のひとたちに可愛がられ、愛されて、すくすくと育つのだろうか。その町を故郷として、幸せに成長してゆくのだろうか。

彼の話とスマートフォンの中の写真でしか知らない町での暮らしを、清花は想像し、行ったことのないその町がいつか、帰るべき故郷のように思えてきた。あたたかな家庭の記憶のない自分が、やっと安心して眠れる家と、お帰りなさいと声をかけてくれる故郷に帰る、そんな気持ちになっていた。

そんな未来が続いていくはずだったのだ。なのに、あの雨の午後に、幸せな方向に延びていくはずの道は、ぷっつりと消えてしまった。

梅酒に白ワインにと飲み過ぎたからなのか、その夜、清花は不思議な夢を見た。

夢の中で、清花は見知らぬ古い町を、ふらふらと歩いていた。白い土塗りの壁に囲まれ、澄んだ川がそこここに流れる、静かな町だ。川沿に並ぶ街路樹はどうやら柳で、夏には綺麗に緑色の葉がなびくのだろうと清花は思う。

夢の中で、清花は、自分はこの町を知っているようだ、と気づく。そうだ、写真で何度も見たし、若い頃に一度だけ、足を運んだこともある。大切なひととお別れするために、電車に乗って出かけた町だ。

悲しい旅を思いだして、胸が痛くなったとき、気がつくと、清花は綺麗な仏壇の中にいる。人形のように小さくなって、誰かの位牌《いはい》のそばにちんまりと座っている。そばには小さな写真立て——遺影があって、そこで笑っているのは、若い頃の清花だ。

ああ、これは自分の仏壇なんだな、と夢の中の清花は静かに悟る。お線香が良い香りだな、とも思う。お水が供えてある。綺麗なお花も生けてある。嬉しかった。フリージアにマーガレット。かすみ草。清花の好きな春の花たち。

子どもの頃、近所の家のおばあさんが、何かと清花を気にして、優しくしてくれた。季節ごとにいろんな花が咲く、小さな庭のある家だった。おばあさんは食事を分けてくれたり、家に上げてくれたりした。その頃、一緒に拝んだことがあるので、清花はほんの少しだけなら、仏壇のことを知っている。懐かしかった。いま思えば、あの頃の清花はそんな風に近所のおとなたちに少しずつ可愛がられ、助けられて生きてきたのだと思う。

そうか、これがわたしの仏壇なのか、としみじみと見回した。悪くない、と思う。よく磨かれているのか、つやつやしているし。ほこりひとつない。

何しろ夢の中のことなので、どんな劇的な発見や展開があっても、自然とわかってきて驚かないものらしい、と清花は悟る。

というよりも、これが仏壇ならば、自分は仏様な訳だから、いろいろと悟りが開けているのかも知れない、なんて思ったりもする。

（そっか、わたしは死んでるのか。どうして死んだんだろう？）

不思議に思ったとき、制服を着た賢そうな女の子と、酒屋の前掛けを腰に巻いた背の高い男のひとが仏壇の前に座って、手を合わせた。彼らには、仏壇の中の清花は見えないらしい。ふたりはよく似ていて、特に大きく優しげな黒い瞳や、長い睫毛や、おだやかな雰囲気が似ていて、親子なのかな、と思ったとき、清花は気づいた。

目の前にいるこの親子は、自分の夫と子どもだと。この爽やかなお父さんは、あの日さよならした彼氏の成長後の姿なのだと。

（まあ日焼けしちゃって。配達で焼けたのかな。目尻と口元には皺ですか。年とっちゃってさ。かっこいいよ。よく似合う――）

夢の中の清花の心に、涙がいっぱいに満ちた。――そうだ、清花は知っている。

あの雨の日の午後。アパートの外の鉄階段から、清花は足を滑らせて落ちた。コンクリートに頭をひどくぶつけたけれど、そのときは、大丈夫、助かった。救急車で病院に行って、傷の手当てをしてもらって、アパートの部屋に帰った。

彼氏は自分がすぐそばにいたのに助けられなかったことを悔やみ、何度も詫《わ》びたけれど、清花は明るく笑った。もし、自分を助けようとして彼が下に落ちて、代わりに怪我をしたりしていたら、どれほど悲しかったろうと思う。だからいいのだと。

ふたりの幸せでのどかな日々は続いた。

清花の卒業を待って、ふたりは予定していた通りに、彼氏の故郷の美しい町に帰り、実家の敷地の中に小さな家を建ててもらって、暮らし始めた。

やがて、健康な赤ちゃんが生まれた。

それが目の前にいる、この女の子だ。よく見ると、ふとした表情や頰の辺りは清花に似ていた。中学生くらいかな。この子も本が好きなのだろうか。なぜかそんな気がする。

(大きくなったなあ)

仏壇の中の清花は考える。育ててくれてありがとう、と彼氏に感謝する。

夢の中の清花は、この子の名前を知っている。

たんぽぽ、だ。

思いだして、肩を落とす。なんでそんな名前をつけたのだろう。可愛いけど、猫の名前につけるならともかく、人間の我が子の名前にはやっぱりちょっと無理がないだろうか。

(――でも、可愛いけどね)

たんぽぽは、清花のいちばん好きな花だった。その名を口にすると、ふんわりと幸せになるから。

ずうっと昔、まだ清花が幼かった頃、両親と春の公園に散歩に出かけたことがあった。近所のなんということもない小さな公園だったけれど、両親の手作りのお弁当をベンチで開き、ブランコに揺られたりした。その足下に、たんぽぽが咲いていたのだ。

まるで本の頁の切れ端か、何かの欠片のような、ささやかな記憶だけれど、清花には大切な、幸せの思い出だった。奇跡的な幸せの思い出といってもいい。公園からの帰り道には両親はいつものように喧嘩して、父は舌を鳴らしてパチスロに行き、母は爪の長い手でぎゅっと清花の手首を摑《つか》んで、引きずるようにして家に帰った。

そのとき、母の爪が食い込んだ手首と、心が痛かったことをいまも覚えている。それでも、あの春の日のわずかな時間に、清花が感じた幸せや、両親の笑顔や楽しそうな声は、嘘でなかったのだと清花は知っている。

その話を彼氏にした記憶はあった。だから、この子にその花の名前をつけてくれたのだろうと、清花は知っている。母であるはずの清花は、この子に何も贈ってあげることができなかったから。

清花は知っている。――この夢の中の清花は、この子を産んだとき、若い日に傷つけた脳の血管が破れて、死んでしまったということを。階段から落ちたときに死ななくても、結局は命運が尽きてしまっていたのだ。

幸せになる未来へと進んで行けたと思っていたけれど、夢の中の清花も、大好きなひとたちのそばにいることはできなかった。

(だけど――)

清花は、仏壇の中で、音も無く涙をこぼしながら、唇を嚙みしめる。

それでも夢の中の世界では、たんぽぽが生まれて、彼氏のそばにいるんだな、と思った。

(この子は、幸せになるんだろうなあ)

綺麗な川の流れるこの町で、町のひとや家族みんなに愛されて幸せに生きていくのだろう。

それならいいと思った。いいと思えた。


目が覚めた。

気がつくと、清花は朝日が射し込むダイニングのテーブルに顔を伏せて眠っていた。

汚れたグラスを片付けないまま、突っ伏していたらしく、顔に服の袖の跡がついていた。指先でふれるだけでわかる。

テーブルの上にはたんぽぽが香箱《こうばこ》座りをして、清花の顔を覗き込んでいた。

その額をなでてやりながら、清花は呟いた。

「――不思議な夢を見たよ」

いやあれは、夢だったんだろうか？

寝起きの頭でぼんやりと考える。

「並行世界のひとつだったりして――」

あの雨の日に、彼氏が死ななかった世界。

代わりに清花が階段から落ちて、のちに命を落とした世界。けれどきっと束の間でも、あたたかな家庭を持ち、幸せな日々を送った世界。

「そういう未来も、あり得たんだなあ」

いまここにいる清花が辿らなかった未来。

並行世界――過去のある時点から分岐した、いまと未来がいくつもあって、重なり合って存在しているなんて、そんな小説みたいなこと、ほんとうにあるのかどうか、わからないけれど。

いまだって、頭では冷静に、面白い夢を見たなあ、と思っているのだけれど。

（でも――）

もし、あれが夢ではなく、無数にある並行世界のひとつで、その世界では彼氏が元気に生きていて、清花の娘が幸せならば、この世界――いまいる場所で、清花も幸せでいられるような気がした。

「そりゃさすがに、自分がそこにいられないのは、寂しいけどさ」

それでも、違う世界で生きていてくれるのなら。

この宇宙のどこかの世界で、彼氏と子どもが幸せでいてくれるのなら。


その日、清花は久しぶりに、昔、はるばると電車で行った町に向かった。彼氏の話していた、「閏年の橋」を見てみたかったからだった。

懐かしかったからでもあるし、例の依頼の原稿を書く上での取材旅行でもあった。

何をどう書くかは、まだ全然思いついていなかったけれど、そんなときは、からだを動かしたり、どこかに移動したりすると、物語の種が生まれたり、発芽して育っていったりするものだと、長年の経験から、清花は知っている。

「四年に一度の誕生日だし、休暇がてらの旅行くらい良いよね」

気がつけば、作家になって以来――ということは、大学を卒業して以来、まともな休みなんてとったことはなかった。こつこつと、ずっと原稿を書き続けてきたのだ。

来し方に、自分が何を思っていたのか、よく覚えていないけれど、ずっと同じように書き続けることが、亡くした彼氏への贖罪《しょくざい》の想いになっていたのかも知れない、と今更のように気づいた。花を手向《たむ》けるような、想いだったのだろう、と。

「ただ生きるために書いていただけじゃなかったんだな、たぶん」

自分ではそうだと思っていた。だって生きるためにはお金が必要だったし、仕事があるということが、自分のような、ひとりぼっちで取り柄のない人間にとっての生きる意味だから書くのだと思っていた。

（そうじゃなかったのかも知れない）

彼氏は、清花が学生時代に書いていた、人形劇の脚本が大好きだった。子ども向けの、他愛のない、犬猫や女の子や、お姫様や妖精たちのお話を、優しくて、素敵なお話ばかりだ、といつもいってくれていた。ふたりは自然と好き合い、付き合ったけれど、彼氏は人形劇の台本を通して清花を好きになったのだと、言葉にしていってくれたことがある。

「まあ、きみという作家のファンなんだよね、たぶんね」

照れくさそうに笑いながら、彼はいった。

「登場人物がみんな優しくてさ、お話も優しくてさ。最後はきっとハッピーエンドで、みんな幸せになるだろう？　そういうのが、俺、好きなんだ。世の中にも人生にも辛いことは多いからさ、せめてお話の中でくらい、幸せになるひとたちを見たいじゃない？　良かったね、っていってあげたいじゃない？」

では、自分はそういうお話を描かなくてはいけないのだ、と清花は思う。

もう人形たちはそばにいないけれど。サークルの仲間もいなくて、ひとりだけど。

でも、大丈夫。きっと書けるはずだ。


猫のたんぽぽのキャットシッターは、担当編集者、典子に頼んだ。日帰りでは帰れない距離の旅になるからだ。

急に頼んだのに、彼女は大喜びで引き受けてくれた。今日の仕事帰りから、泊まり込みで面倒を見てくれるそうだ。

『取材旅行、首尾良く行きますように』

メールのそんな言葉に見送られて、清花は旅立ったのだった。

窓からの光を浴びながら、電車に揺られ、のんびりと移動する旅は楽しかった。若い日に喪服の入ったバッグを抱えてひとり旅をした、あのときの悲しみはいまも化石のように心のうちにあるけれど。

やがて、新幹線に乗り換える。

トンネルをくぐるとき、窓ガラスが鏡のように、清花の顔を映した。

あの日の若さはなく、頬もたるんでいるけれど、今日まで一生懸命生きてきた自分のことを、清花はわりと好きかも知れないと思った。

「――だって、頑張ってきたんだものね」

頬杖をついて、笑った。

ひとりきりの人生だけど、猫を抱えて頑張って生きているのだ。担当編集者の願いにも応え、未知の領域に踏み出そうとしているのだ。かっこいいじゃないか。


夜になる頃、その町についた。古い商店街にある、小さな旅館に部屋を取った。同じ商店街に、一度だけ足を運んだ、彼氏の実家の酒屋がある。その前を通り過ぎるとき、店が道に投げる灯りの中に、束の間佇み、そっと頭を下げて、行き過ぎた。

二十九日の午前零時が近づいた頃、清花は海に向かった。くだんの橋の場所は、昔彼氏に聞いた言葉を思いだしながら、事前に調べていたし、念のために宿の人にも訊いていた（やはり、地元ではそれなりに有名な橋なのだそうだ）ので、迷わずに辿り着くことができた。

空にはぽっかりとオムレツのような形の月が上がっていて、ほのかに道を照らしてくれた。

問題の橋は、海水を浴びてぼろぼろになった姿で、月に照らされて、そこにあった。陸から海へと向かう、岬のような古い橋だ。石造りの橋だと聞いた。その先には、影になって、同じように古びた祠が見える。祠には小さな灯りが灯っているようだ。蠟燭《ろうそく》の灯火《ともしび》なのか、柔らかく揺れているように見える。

ものさみしい情景に見えるのは、辺りにひとけがないからでもあるだろう。「それなりに」有名な伝説の橋は忘れられつつあるものか、ただひっそりとそこにあった。

月光は海も照らし、まるで銀でできた鱗《うろこ》がたくさん浮いているように、波がきらきらと光っていた。潮は満ちていて、たぷたぷとゆるやかに海水が揺れていた。

清花は、海水が橋に打ち寄せる音を聴きながら、濡れて滑る古い橋を、海に――祠に向かって、渡っていった。意外と距離がある。潮の匂いがたちこめていた。

祠まで行き着いたら、手を合わせて、宿に帰ろうかなと思っていた。

「――会いたいひとに会えるんだっけ」

その橋の伝説を思いだす。

そんなこと、ほんとにあるのかなあ。

(いやまあ、ないよなあ)

遠い日に聞いた、彼の言葉を懐かしく思いだす。

『一度行ってみたいんだよね。二月二十九日の午前零時に。いや別に、会いたいひとがいるって訳じゃないけど。でもこの世界に、そんな魔法がほんとうにあるならさ、出会ってみたくてさ』

あの日、彼は笑った。そのときは一緒に行こう、なんなら橋の上で清花の誕生日のお祝いをしようか、なんて言葉を続けながら。

『花束をプレゼントするってどうかな? いっそ四年ごとにそこで花束を渡そうか?』

そんな照れくさいからいいよ、と断りながら、ロマンチックでいいかも、と少しだけ思った。

「魔法に会ってみたい、か」

いいねえ、と清花は笑う。

わたしも会ってみたいなあ。いい取材にもなりそうだし。

伝説の魔法が出てくるファンタジーなんて、いかにもほのぼのしたほっこり系の、優しい物語にふさわしい……。

考えながら橋を渡っていると、ふいにバケツをひっくり返すような雨が降った。

清花はずぶ濡れになり、嘘でしょ、と声を上げた。

「天気予報じゃ雨の予報なんて全然出てなかったし、いまのいままで空は晴れてお月様が光ってたじゃない？」

ざあざあ降りしきる雨の中で、清花は誰にともなく文句をいった。

「ちょっとひどくない？　久しぶりにきちんとメイクして、数少ない余所《よそ》行きの服を箪笥《たんす》から引っ張り出して、着てきたってのにさ――」

そのとき、降りしきる雨の音に交じって、かすかな声が聞こえたような気がした。

聴き慣れた、耳の底に覚えている、懐かしい声だった。

「清花、お誕生日、おめでとう」

夜の雨の中、顔を上げると、海の中の祠のそばに、傘を差す、誰かの背中が見えた。大きな背中と小さな背中。二つの傘。明かりを灯す祠を拝むようにしている。

あの夢の中の親子だと思った。

日に焼けておとなになった彼と、成長した娘、たんぽぽ。

夢の中の存在かも知れないと思っていたふたりが、たしかにそこにいた。

清花の視線に気づいたようにふたりがこちらを振り返った。それぞれの腕には花束が抱かれていた。ピンクや白の、春の花の花束が。

もうひとつのいまを――もうひとつの未来を生きる親子にそのとき清花の姿はどう映ったのだろう。それを訊ねることはできなかった。一瞬で幻のようにふたりの姿は消えてしまったから。降りしきる雨に溶けるように。

雨の中、転びそうになりながら、橋の上を走り、祠のそばに辿り着くと、かすかな花の香だけが、そこに残っていた。

（ありがとうね――）

手を合わせ、親子の幸せを清花は祈った。きっと閏年の今日がめぐってくるごとにここに花束を抱いて訪れていただろうふたりに、この世界の清花の代わりに感謝した。

雨はひとしきり降りしきり、そして、幻のようにあっけなく止んだ。

月の光に照らされた世界は、洗いたてのように美しく輝いていて、清花は吹きすぎる二月の終わりの夜風に身を震わせながら、顔を上げ、微笑んだ。

無数に重なりあう並行世界の中には、今日、この橋で清花に花束が渡された世界があるのかも知れない。彼氏も清花も生きて互いのそばにいて、娘のたんぽぽも一緒で、この橋で三人でいま笑っている、そんな幸せな世界もあるのかも。

どこかにそんな世界があるのなら、それでいいやと清花は笑う。

濡れた髪をはらい、町へと足を進めた。元気よく。

ハッピーバースデイ、と口ずさみながら。

この宇宙に生きるたくさんの清花に、頑張っていこうね、と心のうちで語りかけながら。

(お誕生日、おめでとう。幸せになってね。わたしもきっと、この世界で幸せになる)

世界はとても美しかった。

その夏の風と光

もうずうっと昔、あるいは少し前の日本の、蟬《せみ》がうるさく鳴く夏の昼下がり、ある田舎町で、ひとりの子どもが死にかけていた。

まだ十二歳の色白の男の子が、誰にも知られず、ひとりきりでひっそりと。

長く続いた戦争が終わったばかりの頃のことだ。

海沿いにあるその田舎町は、空襲にこそ遭わなかったけれど、豊かだった田畑は荒れ、すっかり貧しい町になり、みんな飢えていた。日本のどこの町でもあったことだけれど、働き手がみんな戦争にとられ、いなくなっていたので、農業も漁業もろくにできなかった。おまけに畑の肥料を作る工場は戦争に使うための火薬工場になったりしていたので、すっかり土地は痩せてしまった。

その町の、とある大きな農家の裏手には森が広がっていた。森の中にはその家の者しか出入りしない、小さな洞窟があった。元は浅い洞窟だったものを、ひとの手でさらに掘って、防空《ぼうくう》壕《ごう》として使っていたものだ。

洞窟の入り口には木の格子の扉があり、扉の向こうには――これもこの家の者しか知らないことなのだけれど、ひとりの子どもが布団に横になっていた。

光が射さない、暗く湿った洞窟の中にいるその子は、胸の病でもう死にかけていた。

遠い都会の子ども――この家の者たちからしたら、遠い遠い親戚の子どもだった。戦火を逃れて、ひとり疎開してきたものの、生まれた家は春に空襲で焼けてしまった。せっかく戦争が終わっても帰るところがなく、迎えに来てくれる家族もいない。その上、胸の病を得て、親戚一家にうつったらいけないとこの洞窟に入れられて、朝と夜にわずかな食事と水を運んできてもらうだけの身になっていた。

蒸し暑い中で、起き上がる力もなく、横になっているその子は、親戚たちからは、ほとんど忘れられているような、いっそ忘れたいと思われているような、そんな存在だった。

その家は、戦争さえなければ裕福な農家だった。家屋敷も充分に広く、ほんとうならば、孤児になった子どものひとりくらい、大切にしてあげることができただろう。けれど、先に挙げたような理由で、暮らし向きはけっしていいとはいえず、胸の病も当時はひどく恐れられ、その子のように母屋から離しておかれる病人も珍しくはなかったのだった。

いま暗がりに横たわり、薄く目を開けて、苦しい呼吸をしているその子の耳には、つんざくような蟬の声ももはや聞こえない。

代わりに聞こえているのは、遠い都会のその子の家にあった、古い蓄音機が再生する、可愛らしい童謡だった。小さな妹のために、お母さんが鳴らしているのだろう。一緒にうたう、ご機嫌な声も聞こえる。縁側に吊《つる》されていたガラスの風鈴が揺れる、涼しげな音も聞こえる。ぱらぱらと音がするのは、吹きすぎる風が、彼の手の中の本の頁をめくる音だった。紙の甘い匂いもする。

気がつくと彼は、縁側に置いてあった籐《とう》の椅子に腰掛けて、いつものようにアンデルセンの童話の本を読んでいるところだった。

足下には老いた猫が長く伸びて寝そべっている。手を伸ばして大きな頭をなでてやると嬉しそうに喉を鳴らした。

なんだかさっきまで、ひとりぼっちで、暑くて暗いところにいたような気がする。胸が苦しかったような気もするけれど、まるでそんなことはない。深呼吸すれば、懐かしい庭の草木の匂いが胸いっぱいに入ってくるばかりだ。

(夢を見ていたのかな——?)

目を上げて、眩しい日差しに彼は目をしばたたかせる。

なんだかとても苦しくて、悲しかったような気がするのだけれど、それがなぜだったのか、思いだせない。

(いつも通りの夏の午後だ——)

玄関の扉が開く音がする。誰かが帰ってきたようだ。ただいまという朗らかな声はふたり分。お父さんとお兄さんだ、と思う。——軍人のお父さんも、学徒出陣したお兄さんも、遠い南の国に行っていたのではなかったろうか。そうして海や南の島で亡くなっていたのでは、ときりと胸が痛み、その痛みが、ふいに、ふうっと軽くなった。

帰ってきたということは、夢だったのだ。

いっそ戦争があったこと、そのものが夢だったのではないだろうか。

(よかった。悲しい辛いことは、何もなかったんだ)

彼はそう思い、本を閉じて、跳ねるようにして椅子を降り、玄関へ行こうとした。

お帰りなさい、と笑顔でいいながら。

蟬の声が降りしきる八月の午後、小さな森の中にある、日の射さない、湿気た洞窟で、こうしてひとりの子どもは死んでいった。

口元に微笑みを浮かべて、誰にも知られずに。

それから、いくらかの年月が経った。

もはや、この国が戦争をして、ひどく負けたということなど忘れ去られたのではないかと思われるような、それくらいに時代が変わった、そんなある年の、夏の日のことだ。

遠い都会から来たひとりの子どもが、その田舎の町の、大きな家を訪れた。夏休みに法事があって、親戚の家へと母とふたりでやって来たのだった。色白で物静かな男の子だった。

訪れたのは、裏手に森がある、その家だ。年月が経って、大きな家はいくらか古びていたけれど、変わらず大きく、立派な家だった。

裏手の森や、屋敷の庭の木にとりついた蟬たちが、雨が降りしきるような音で鳴いていた。

通された広い部屋には、大きな仏壇があり、回り灯籠が色とりどりの光を灯しながら回っていた。仏間には、色白の子ども――健太郎《けんたろう》とお母さんのように、旅行鞄《かばん》を抱えた親戚たちがいて、お母さんとどちらからともなく、賑やかに話し始めた。大きな家のこと、同じように遠くに住まう親戚たちも里帰りしてきているのだ。今夜はこの家に泊まったり、近くの旅館に泊まったりするのだろう。そうして、法事までの日々を過ごして、三々五々帰って行くのだ。

近所の家々から、この町に住んでいる親戚の子どもたちがやって来て、剽軽《ひょうきん》な感じで顔を出したり、おとなたちも挨拶しあったり、土産を差し出したり、冷えた麦茶や切った西瓜《すいか》を出したりで、賑やかなやりとりがしばし続いた。

健太郎は、そういったやりとりを、少し離れた場所から見ていたけれど、そっと畳から立ち上がった。少しだけ、頭を下げて挨拶をすると、自分の荷物から本を取り出して、その場を離れていこうとした。ふだんはマンション生活で、正座なんかしないので、足が痺《しび》れて、ちょっとよろけた。

親戚との話に加わっていたお母さんが振り返って、ここにいなさい、と声をかけたけれど、ごめん、と口の中でいって、部屋を出た。いままで付き合いだと思って、いい子にしてじっと座っていたのだ。そろそろいいだろうと思う。そういうことにして欲しい。

賑やかなのも苦手だし、人懐こく話しかけてくるいとこやはとこたちが、正直苦手だった。

（みんなのこと、嫌いだとか、そういうのではないのだ。誰かと仲良くしたくない訳じゃない。人間が嫌いだとか、嫌いじゃないいんだけど――）

むしろほんとうは、親戚の子どもたちと、仲良くわいわい話したり、一緒に遊びに出かけたりしたい。学校で同じクラスの子たちが、いつも夏休み明けに、田舎でこんなに楽しいことがあった、と盛り上がって話している、あんな風に。

（子どもだけで自転車で遠くに行ったり、海に泳ぎに行ったり、花火をしたり、古いお寺で肝試ししたりするんだよね。怖い話をしたりさ。憧れちゃうな）

日焼けした肌になって、目を輝かせて話しているみんなが、いつもすごくうらやましくて。まるで物語の本とか、漫画の中の夏休みの出来事みたいで。

（でも、そういうの、ぼくはだめなんだよな……）

たぶん、自分は無器用なんだと健太郎は思う。何を話そうか考えるのに時間がかかる。やっと言葉を思いついたときには、友達はみんな、違う話題に移っている。

都会の、いつも一緒にいるクラスメートたちの中にいてもそうなのだ。お祭りみたいに元気でテンションが高い、田舎の親戚の子どもたちとなんて、いきなり一緒に盛り上がれない。

（本を読んだり、作文を書くのなら、ゆっくり考えられるのに。なんだったら、消しゴムで消したり書き直すこともできるのに、誰か人間と会話するのは、水が流れていくみたいに、どんどん話が進んでいくものなあ）

どんな表情で、何を話したら良いかわからなくなる。久しぶり、元気だった、と、満面の笑みを向けられても、返す笑顔がうまく作れない。そのうち、顔が赤くなって、しどろもどろになってしまう。

上手に笑えない自分が嫌で、恥ずかしいから、ひとりになりたい。

逃げて行きたくなる。

（学校でなら、無口な男ですむんだけどな）

六年生までの長い時間をかけて、健太郎はそういう子なんだからということで、黙っていてもいい、ということになっている。

あんまり喋らないから、正直、そこまで打ち解けた仲の良い友達はいない。成績が良いし、みんなときちんと付き合うから、虐《いじ》められたり敬遠されたりはないけれど、ほんとうはいつも、少しだけ寂しかった。ほんとうは健太郎だって、友達と冗談をいいあって盛り上がったり、本や漫画の感想を教えあったり、たまには取っ組み合いの喧嘩風なこととかもしたりして、笑い合いたいのだ。

（でもそういうタイプじゃないんだから、仕方ないよなあ。冗談をいおうとして滑ったり、みんなを引かせたりしちゃうよりは、無口な男だってことにしておく方が、楽なんだし）

しかし、ここでは、その設定も通じないだろう。

この母方のおばあちゃんの家——田舎の町は、数年おきの法事のときしか来ないから——何しろ、都会からは遠い遠い町なのだ。風光明媚《めいび》で、お魚や野菜や果物が美味しくて、その辺は素敵だと思うけど——前に来たとき、まだ小さかった健太郎が静かだったことをきっとみんな覚えていない。今回も無口ですませようとしても、次に来るとき（何年後になるんだろう？）には、みんなそんなこと、忘れてしまっているだろう。

健太郎は、はあ、と肩を落としてため息をつく。本を抱えて、少しでもひとけのない方へと足を進める。本はずっと昔の子どもの本だ。『ライオンと魔女』――『ナルニア国ものがたり』の第一巻だ。何回も借りて読んでいるのに大好きで、また借りてきてしまった。夏休みは図書館でたくさん本を借りられるから、何冊か持ってきたのだった。健太郎の通う小学校は、古い歴史のある学校で、健太郎が生まれる前に出版されたような子どもの本もあるから、素敵だと思っている。健太郎は昔の子どもの本みたいに、字がぎっしり詰まっている、分厚い本が好きだった。長い長い時間、その本の物語の世界に浸っていられるからだ。

物語の世界の中にいるとき、健太郎は友達のいない、無口な男ではない。物語の登場人物が仲間で友達で、いつも一緒に冒険したり、謎解きをしたり、笑い合ったりできるから。

（どこか、静かに本を読めるところはないかなあ？）

田舎の家は広い。家の中に何本も廊下があって、部屋の数も数え切れないほどあるように思える。障子や襖《ふすま》で区切られているから、余計に部屋の数がわからないのかも知れない。どこか埃臭《ほこりくさ》い空気を呼吸しながら、健太郎は辺りを見回す。

広いのは家だけじゃない。庭も広い。草木が生い茂る、テントが張れそうに広い庭があって、中庭があって、玄関の前にも庭があって。恐るべきことに、お風呂場もトイレも庭を横切った向こうにあって、行くときには、靴や下駄を履いていかなくてはいけないのだ。雨が降っているときは、傘を差してゆく（ついでにいうなら、庭には池も井戸もある。池には鯉《こい》だって金魚だって泳いでいる）。

広い台所も、庭こそ横切っていないけれど、なかば離れのように、長い廊下の先に広がっていた記憶がある。たぶんそちらの方から、ご馳走を煮炊きしているような音と匂いがしている。おばさんたちの笑い声や包丁を使うような音が聞こえる。

街中の、3DKのマンションで暮らしている健太郎には、ここは、小説の中に出てくるお屋敷にしか思えない。実際には、この辺の町の家は、みんな広々としているらしいのだけれど。お母さんにいわせると、たいしたことじゃないわ、田舎だから、土地が安いだけよ、という。

「それでもやっぱり、このうちは広いよ。家と庭の地図が必要なところだよ」

図書館で読んできた、あの本この本を思いだす。――この広さは、たとえば。

推理小説だったら、連続殺人事件があったり、ファンタジーだったら地下に先祖伝来の魔法の宝物が隠してあるような家だと思った。少なくとも、そのときの健太郎はそう思った。

（ホラー小説だったら、お化けが出るような……）

想像して、ちょっとぞくっとした。あの障子やこの襖の向こうの部屋に、お化けが潜んでいそうな気がして。

もう一度ため息をついて、健太郎はスニーカーを履き、急いで玄関を出た。

一度そうだと思ったら、お化けと遭遇しそうな気がして。田舎の家は、知らない昔の親戚のひとたちの額に入った古い写真や、七福神の顔が（なぜか顔だけが）壁の高いところにたくさん並べて飾ってあったりする。たまに目が合いそうで怖い。

どこに行っても、お線香の香りがするのも、やっぱり怖いような気がする。健太郎の家には仏壇がないから、お線香なんてお葬式のときくらいしか、その香りを嗅ぐことはない。

やっぱり、お化けが出そうだ。

(明るいところに行きたいな)

健太郎は肩をすくめた。

このまま、薄暗いこの家の中にいると、怖くて息が詰まりそうだった。


本を抱えて、日の光の下に出る。

「——うわ、暑い」

思わず声が出た。

クーラーの利いた部屋で過ごした後だと、ひときわ暑い。目が眩《くら》みそうだった。

遠い都会の夏とは違う、炎で炙《あぶ》るみたいな暑さだと思った。とてもじゃないけど、この下でずっと過ごすなんて健太郎には無理だ。

本を読めそうな日陰を探しつつ、とりあえず、庭の方に回ることにした。このまま玄関辺りをうろうろしていると、親戚の誰かと遭遇しそうで。

庭ならば、どこかに日陰もあるだろう。

早く日陰に行かないと死にそうだ。人目につくのも嫌だったし、急ぎ足で庭に向かった。

草木が茂っていて、日差しを遮ってくれるからなのか、鯉が泳ぐ池があるからなのか、庭はいくらかひんやりしているように思えた。涼しい風が吹き抜けていった。

健太郎はほっとして、息をつき、そしてふと、視線を遠くに投げた。——森がある？

庭から細い道が続くその先に、小さくこんもりとした黒っぽい森が見えた。

そちらからは、ひときわ大きな蟬の声が聞こえた。あの中に入るとうるさいんだろうなあ、と思ったとき、そちらから——森の方からひんやりと心地よい風が吹いた。

(森の中は、涼しいんだろうな)

庭の中で、木漏れ日にまだらに灼《や》かれるような気分になりながら、健太郎は森を見つめた。——ほどよい暗がりがあって、読書には向いているかも知れない。

そのとき、庭のどこかで、誰かの足音と楽しげな話し声がして、健太郎はとっさに、森へと続く道へと歩みを進めた。

誰かに会いたくなかったし、夏休み中の小学生としては、少しだけ冒険したいような気持ちもあった。

森なんて、都会にはない。

すごい。物語の中の出来事みたいじゃないか。少しだけ怖くて、どきどきとして、けれど健太郎の足は、迷わずに知らない道とその先の森の方へと進む。

ファンタジーの本の挿し絵の中に、入って行くみたいだと思った。

たとえばいま抱えている、『ナルニア国ものがたり』の、古めかしくて綺麗な絵の中に。

（それにしても、こんなところに、森なんてあったっけ？）

この田舎の家に、前に来たときのことを思いだそうとしたけれど、あれはたぶん、一年生から二年生のときのことで、さすがにその頃の記憶はあやふやだ。

（あの頃は、きっといまよりもさらに、家や庭が広く見えただろうなあ）

こんな風に、ひとりで庭の端まで行き着くのは無理だったかも知れない。背丈も低かったし、庭の草木に埋もれてしまっていたんじゃないだろうか。

森への細く短い道の、その入り口には小さな木の扉があった。開いたままの錆《さ》びたかんぬきがぶら下がって、風に揺れている。

健太郎は少しだけ首をかしげて、扉を開け、森への道を急ぎ足で進んだ。

森からは、蝉の声に交じって、野鳥のさえずる声が聞こえた。鳥たちも棲《す》んでいるのかも知れない。


「やった、涼しい……」

健太郎は、額の汗を拭きながら、ひとり笑顔になって、森の中を歩いた。

外から見た印象と違って、森の木々はそこまで鬱蒼《うっそう》と茂ってはいなかった。ほどよい案配に木漏れ日が射して、行く手を照らしてくれる。

中に入ってみると、外から見たとき思ったよりも広く大きな森だけれど、遠くを見れば、木々の間に空と山が——森の終わりが見え、振り返ればおばあちゃんの家が見える。ヘンゼルとグレーテルみたいに、森で道に迷うこともないだろう。ちょうど良い感じの散策の時間になるのじゃないだろうか。

足下がわずかにぬかるんで、細い水の筋が流れているのが見えるので、どこかに水が湧いているか、小さな川が流れているのかも知れない。そのせいもあって涼しいのかも。

湿った土と、濃い緑の匂いがたちこめていた。

蝉時雨《しぐれ》に交じって、かすかに聞こえる水の流れる音も心地よい。

何よりも、吹きすぎる風が、気持ちいい。

「いいなあ、ちょっと冒険気分だなあ」

読書の時間はまたにして、森をこのまま探検するのも良いかも――なんて考えると、気分がうきうきした。物語の本の頁の中に一歩一歩踏みこんでいくみたいだ。

素敵だ。実に夏休みらしいじゃないか。

大きな蜻蛉《とんぼ》が一匹、羽をきらめかせて飛んできた。健太郎の目の前を滑るように飛ぶと、風に乗って、空に舞い上がっていった。

「あっ、すごい。オニヤンマだ」

あの大きさと色は、図鑑でしか見たことがない、かっこいいあの蜻蛉だと思った。胸がどきどきした。宝物を見つけたみたいだった。

ふと、こんなときに友達がいれば、一緒に盛り上がるんだろうなあ、と思った。

少しだけ――ほんの少しだけ寂しくなって、ぬかるんだ地面をスニーカーで小さく蹴った。

そういうわけで、その森は涼しくて、中を歩くにはばっちりで、昆虫図鑑や植物図鑑で知っている、虫たちや植物との遭遇もあって、

「そうか、今日のことを覚えておいて、夏休みの自由研究にしちゃおうかな」

なんて、健太郎はひとり、ラッキー、と声を上げたりしたのだけれど、ひとつだけ困ったのは、藪蚊《やぶか》がたくさんいたことだった。

「あっちもこっちも刺されちゃったなあ」

長旅の後で、冷房が利いた乗り物の中で過ごすための、長袖長ズボン姿のままだったのにもかかわらず、服のうえから刺されていた。

これでは、読書どころではない。腕や足をかきむしりながら、健太郎は情けなくなって、ため息をついた。いままでの人生、こんなに蚊に刺されたことはないような気がした。

「――帰ろうかな」

虫刺されの薬を塗りたかった。

森のずいぶん奥まで歩いてきたし、この辺で引き返しても良いような気がした。冒険はここまでで終了だ。もうそれでいいや。

と、そのとき。

健太郎は、何気なく目を向けた藪の間に、思いがけないものを見つけて、まばたきした。

緑の波に埋もれるようにして、木の格子でできた、何かがある。

朽ちて腐りかけた、扉のようだった。

「――何だろう？　穴が開いてるような。洞窟みたいな――」

小さな洞窟の入り口が格子で塞がれている。古く色褪せた格子には、蔓草《つるくさ》が四方から幾重にも絡まり、撓垂《しなだ》れかかっていて、たまたま目が向かなければ、気づかなかっただろう。

健太郎は、藪蚊を払うようにしながら、蔓草をどけて、扉をよく見ようとした。

緑に覆われすぎていて、格子の中はよく見えなかった。扉を開ければ、見えるだろうか？

「何の扉だろう――？」

小さな扉だ。おとななら身をかがめないと通れないくらいの。健太郎のような子どもなら、ちょっとだけ頭を下げればなんとか。

扉には木の取っ手があった。摑んで回してみたら、ぎしぎしと鳴りながら、細く開いた。

光が射し込むそこは、二畳ほどの、狭い空間だった。外よりは湿気ていないのか、乾いた土と、土埃の匂いがした。日差しの中で、埃が光のように舞うのが見えた。

誰もいない。

それはそうだよなあ、こんな閉ざされた場所に、森の奥の、忘れられたような暗がりに、誰かがいるはずもない。――そう思いながらも、健太郎は、少しだけほっとしていた。

白い大きなものが見える。

畳まれた、古い布団だった。ずいぶん黴《か》びて、汚れている。

その上に、色褪せた本が一冊載っていた。泥で汚れた表紙に、何やら昔風の絵と、アンデルセン、という文字が読み取れた。

森の中を、おばあちゃんの家に向かって歩きながら――たまに蚊に刺された手足を叩き、かきむしりながら――健太郎は、ぼんやりと思いだしていた。

小さい頃、森の奥の洞窟と、そこに住むひとりぼっちの男の子のお話をお母さんから聞いたことがあったということを。

太平洋戦争が終わった頃の話だと聞いた。

「男の子は、アンデルセンの本が好きだったんだっけ」

病気の男の子は、ひとりきり、家から離れた森の中で暮らしていた。その家の子どもたちは、男の子が可哀想で、友達になりたかったけれど、近づこうとすると、病気がうつるからそばに行ってはだめ、と親たちに叱られて、会いに行けなかったそうだ。

それでも洞窟のそばに行くと、ときどき、男の子が咳をこらえながらアンデルセンの童話の本を朗読する声が聞こえたそうだ。だけど、男の子の病気は重くなり、やがて声は聞こえなくなった。

その家の子どもたちは、親から叱られても良い、友達になってあげれば良かった、と、ずっとずっと悔やんだのだそうだ。

「――あの洞窟で、その子は死んだのかなあ」

本はその子のものなのだろうか。

アンデルセンの本だけが、友達だったんだろうか。

天使や人魚が登場して、魔法や、優しい奇跡が起きるお話を、その子はひとりで格子の奥で読んでいたんだろうか。

森の奥の方から、ひんやりとした風が吹いた。蝉の声と、野鳥のさえずりに交じって、ふと、その子が童話を読む、か細く澄んだ声が聞こえたような気がした。


おばあちゃんの家には、その夜、遅くまで親戚の来訪が続いた。子どもたちも大勢詰めかけて、ふだんなら寝るような時間まで、トランプをしたりサイダーを飲んだり、アイスクリームを食べたりしていたのだけれど、健太郎はそこには加わらず、ひとりで先に静かな部屋に布団を敷いてもらっていた。

藪蚊にたくさん刺された跡が熱を持ってしまったのと、木漏れ日とはいえ、日に当たりすぎたせいなのか、全身が火照って熱が出てしまい、おとなたちに心配されて、氷枕をして横になることになったのだった。

天井から蚊帳《かや》をつった薄暗い部屋に、ひとりで眠るのは、不思議な気分だった。

枕元の古風な電気スタンドの明かりで、『ナルニア国ものがたり』の続きを読みながら、健太郎はふと、蚊帳を見上げた。

「なんていうか、その、蚊帳がつってある感じって、お姫様のベッドみたいだな」

天蓋つきのベッドといったっけ。そう思うと、微妙に気恥ずかしい。

それこそ、アンデルセンの童話に出てくるお姫様になった気分だった。

森の奥の洞窟のことや、そこにいたかも知れない子どものこと（お母さんはおばあちゃんや親戚と話すのに忙しそうで、まだその話はできていなかった）をぼんやりと考える。

だるくて疲れているのに、目がさえて眠れなかった。古い家の匂いに馴染めない。

夏の夜の虫の声があちこちで響き、それが波の音のように聞こえて、寂しくなったからかも知れない。

（洞窟にいたっていう子も、ひとりぼっちで、虫の声を聴きながら、眠っていたのかな）

寂しかっただろうなあ、と思う。

（藪蚊に刺されて、痒かっただろうなあ）

虫の声を聴きながら、ひとりきり痒さをこらえながら、森の奥で布団に横になっていたのだろうか。それとも、もう具合が悪くて、痒さも感じなかったのだろうか。

当時恐れられていた、うつる病気というと、結核だろうか。お母さんからもたしかそう聞いたと思う。いまならちゃんと薬があって治る病気だけれど、戦後すぐのその時代だと、専門の病院に入院して、栄養のあるものを食べて安静にしているしかなかった、と、物語の本で読んだことがある。

（あんな洞窟に寝てたんじゃ、治るものも治らなかったよね）

その頃は、この田舎でも、食べるものがろくになかったとお母さんから聞いたことがあるし、疎開してきた都会の子どもに分けてあげられるような食べ物はなかったのよ、と、お母さんは悲しそうにいっていた。自分のごはんを分けてあげるといったら叱られたと。

（いまなら、美味しいものもたくさんあるのにな）

夕食に出た、ご馳走の数々を思いだす。新鮮なお刺身に、いろんな野菜の天ぷらに。食べ尽くせないほどの、桃や葡萄《ぶどう》に。食後にはプリンにゼリーにアイスクリーム。

おとなたちは、「山海の珍味だね」とビールで乾杯して、盛り上がっていた。

あのご馳走、その子に食べさせてあげたかったなあ、と健太郎は思った。

「――それでさ、本の話とか、したかったたな」

アンデルセンの童話なら、健太郎だって好きだ。いくらでも話が弾んだんじゃないだろうか。学校には、健太郎ほど本が好きな子はいないのだ。

「ぼく、話すの下手だから、自分は話さなくてもいいんだ。その子から、本の話を聞きたかったな」

聞いてあげたかった。その子から、いろんな話を。

アンデルセンの朗読だって。

そう思うと、目尻にぽちりと涙が浮かんだ。

不思議なことが起きたのは、そのあと、その夜のことだった。

閉じているまぶた越しに、何か光が見えたような気がして、健太郎は目を開いた。

蚊帳の向こう、枕元の辺りに誰かがいて、そちらがぼんやりと明るく見えた。

(——お母さんかな?)

心配して見に来てくれたのかな、と思った。

でも、それにしては、背丈が小さい。

(誰だろう?)

いとこか、はとこの誰かかな?

ぼんやりとそう思ったとき、その誰かが畳に腰をおろし、こちらへと手を伸ばしてくる気配がした。

それが不思議なことに、白い手が蚊帳を通して、健太郎の枕元に届いたのだ。

手は、『ナルニア国ものがたり』にふれ、その頁《ページ》を開こうとした。

でもその手は、紙にふれるとすうっと透き通ってしまい、本を開くことができなかった。

(ええっと、ぼくはいま夢を見てるのかな?)

あとで思うと、それが夢だと思ったから、健太郎には、そんな勇気が出たのかも知れない。

健太郎は布団から身を起こし、そっと蚊帳をめくった。

そこに、うっすらと光を放つ、ひとりの子どもが——健太郎と同じくらいだろう年齢の、線の細い男の子が、座っていた。昔風の白いシャツに半ズボンをはいていた。

泣きそうな目をして、本を見つめていた。

『ぼく、本が読みたくて。ごめんなさい。だから、来てしまったんだ。ほんとうはぼく、この家に来てはいけなかったのに。森から出てはいけなかったのに』

細い、けれど澄んだ声で、その子はいった。

泣きそうな笑みを口元に浮かべて。

『だけど、ぼくにはもう本が読めないんだ。頁をめくる、指がないから』

自分と面影が似ているその子を見たとき——遠い血縁だからわかったものなのか、はたまた、同じ本好きの子どもの魂が教えたものか、健太郎は魔法のように悟った。

その子が、森の洞窟で亡くなった子どもだということを。

アンデルセンの本が好きだったという、子どもだということを。


どこからか細く吹き抜けた、ひやりとする夜風に乗って、線香の匂いが漂ってきた。

遠い昔に亡くなって、幽霊になった男の子は、暗い部屋の中に座って、静かに微笑んでいる。

「——えっと、こんばんは」

健太郎は、男の子と向かい合うように、自分も布団の上に正座して、とりあえず挨拶をした。

怖いとか、どうしようとか思わなかったのは、なかば夢うつつだったのと、うっすらと熱があったから。

そしてたぶん——。

心の奥底で、この子と話してみたい、友達になりたかった、そんな思いがあったからだろうと、ずっとあとになって、健太郎は思った。

それから、健太郎とその子がどれくらいの時間、どんなことを話したのか。

ほんの短い間だったようにも思うし、長い長い時間、一緒にいて、いろんな話をしたような気もする。互いの好きな本の話や、日々の暮らしの話をしたような。あとになって、その夜のことを思い返すと、それはたしかにあったことのようにも、一瞬の夢幻だったようにも思えた。

話しているうちに、いつの間にか、その家の年老いた猫がやって来て、布団の上に香箱を作った。猫の笑顔でにこにこと笑って、健太郎と幽霊の男の子の顔を見た。

『この子には幽霊が見えるんだね』

男の子の手が、猫をなでようとした。でも透き通るその手は、猫にふれることはできないようだった。男の子が悲しそうにうつむくと、猫は、いいのよ、というように、頭を少し上げて、自分から男の子にすり寄るようにした。

「猫、好きなの？」

うん、と男の子はうなずいた。とても優しい目をして、猫を見つめた。

『こんな風な、年取った猫が家にいたんだ。猫がぼくのお姉さんみたいだった。いなくなっちゃったけど。たぶん、死んだと思う』

供出されたから、と、口の中で呟いたような気がした。

ああ、と健太郎は思い当たった。太平洋戦争の頃、日本では犬や猫の毛皮を兵隊さんの防寒着に使うといって、飼い犬や猫が集められたと本で読んだことがある。動物たちはみんな殺されてしまって、家に帰ることはなかった。

（椋鳩十《むくはとじゅう》の全集で読んだんだ。『マヤの一生』とかさ……）

この子も猫とそんな風に別れたんだろうか。猫は殺されたんだろうか。

胸が苦しくなった。


幽霊の男の子は、自分はずっと森の奥にいたのだと話した。静かな声で。

病気のときも、死んで幽霊になってからも。

『ぼくは、家のひとたちから、森から出たらだめだっていわれていたんだ』

病気を誰かにうつしてはいけない、ずっとそういわれていて、だから死んで幽霊になったあとも、そうしていたのだと男の子はいった。

毎日ただ、朝が来て、夜が来る、春が来て夏、秋が来て冬、また春が来る。その繰り返しの中で、ひとりきりの森の中で、長い時間を過ごしてきたのだ、と。

『幽霊はね、お腹が空かないでしょう？　疲れないし、眠くもならないし。ひとりで森を歩いたり、空や木の高いところを見上げたり、ぼーっとしている間に、気がついたら、今日まで時間が過ぎていっていたみたい』

「そんな――自由に歩けるようになっても、森から出なかったっていうわけ？」

自分なら、綺麗さっぱり、どこへでも行くのに。健太郎はそう思った。

どこか行きたいところはなかったのだろうか。

男の子は、うなずいた。

『苦しいところも痛いところもなくなって、咳《せき》も出なくなって、からだが軽くなったのは嬉しかったけど、ぼくにはしたいことがあったわけじゃなかったし、行きたいところもなかったし』

寂しそうに、男の子は笑った。『幽霊って、からだが軽いからかな。あんまり物事を深刻に考えられないっていうか、なんだかふわふわしているうちに、いつか時間が過ぎたしね。だから気がつけばずうっと、あの森にいたんだ』

ああこの子は帰る家がないし、会いたいひともいなかったんだ、と、健太郎は思い、胸がぎゅっと痛くなった。

自分と同じくらいの年の子どもだから、もし自分がこの子の立場なら、どんなに辛くて寂しいだろうと余計に思ってしまう。

おまけにこの子は、ひとりぼっちの幽霊になって、森の中にいたのだ。たぶん誰にも気づかれず、世界から忘れられてしまったように。

『でも今日はどうしても、その本が面白そうだったから、ここまで出て来てしまって。物語の本なんて、久しぶりに見たから、つい。でも、いきなり枕元に幽霊がいたなんて、きっと驚いたよね。ごめんなさい』

男の子は頭を下げた。

「驚きはしないけど。――だってほらいま、八月で月遅れのお盆に近いし。幽霊が出てくるには、タイムリーな感じじゃない？　王道な登場シーンというか」

健太郎は笑って、おどけてみせた。「でも、そうだね。ちょっとはびっくりしたかな。だって、ええとその、ほら、幽霊に会うのって、ぼく初めてだし」

くすくすと男の子も笑う。

『ぼくも、そういえば、幽霊になったの初めてだよ。幽霊として、誰かと会話するのも』

「あ、そうか。うん、そうだよね」

ふたりは笑った。健太郎は楽しかったし、男の子も楽しそうに見えた。ちょっとからだが光ってなくて、闇に透けて見えなければ、都会に普通にいる、線の細い子どものようだった。着ている服は昔風だけれど、一周回って、レトロでお洒落に見える。

『そうだよ。ぼく幽霊になってから、こんな風に誰かとお話しするの初めてだから、なんだかとっても、不思議で楽しい気持ちがするんだ』

「そっか」

『うん。今夜、君に会えて良かった』

にこにこと男の子は笑う。

笑顔が、少し寂しげになった。

『きみのその面白そうな本を読めないって、それだけが寂しいんだけどね。でも、ぼくはもう死んでるんだし、仕方ないね』

「――読めないって、どうして」

と、訊ねかけて、健太郎は、はっとした。

さっき、本にふれようとしたこの子の手が、頁をめくることができなかったのを思いだしたのだ。透き通るような手は、この世の中のものにさわることができないのかも知れない。

(ほんとうにはもう、この世界に存在しない子どもだから、なのかな)

この男の子は、たしかにここに、健太郎の目の前にいて、会話だってできるのに、読みたい本が読めないのか。

(もしかしたら、森にあったアンデルセンの本も読めなかったのかな……)

生きていた頃には頁をめくれた本も、もう読めなくなっていたのだろうか。本は読まれないまま、あの場所で土埃に汚れ、古びていったのだろうか。

それでも——自分には読めないかも知れない、と思いながらも、森を出て、この本にふれに来たのだろうかと思うと、切なかった。何しろ健太郎も本がたいそう好きだから、その想いがわかる気がして。

男の子は、にっこりと微笑んだ。

『とても面白そうだね、その「ライオンと魔女」っていう本。どんなお話なの?』

健太郎は、『ライオンと魔女』を——『ナルニア国ものがたり』の、その第一巻をぎゅっと胸元に抱きしめた。本を手に取れないその子の代わりに、古い本の固さとひんやりとする感触を抱きしめた。

「そうだよ。すごく面白いんだよ。もう何回も図書館で借りて読んでるんだ。いつかきっと、本屋さんで全部買って、自分の家の本棚に揃えようって思ってるんだよ。

昔の戦争で疎開したイギリスの子どもたちが、預けられた田舎の家で、不思議な世界への入り口を見つけて、その世界で冒険する話なんだ。そこには喋る動物たちがいて、一緒に悪い魔物と戦ったりするんだよ。アスランっていうライオンがいて、そのライオンは子どもたちに優しい、世界の守り神みたいな——いや神様そのものみたいな、存在なんだ」

『そのライオンが表紙のライオンなの？』

オレンジ色の表紙には、その真ん中に、楽しげに駆けるライオンの背に乗る、ふたりの女の子の絵があった。

「ずばりそう。ライオンの背中に乗っているのが、この一巻の主人公の四人きょうだいのうちのふたり、スーザンとルーシィだよ。アスランはこの子たちのきょうだいエドマンドを守るために、身代わりになって、悪い奴らに殺されてしまうんだ」

『——可哀想に』

男の子の表情が悲しげに歪《ゆが》んだ。

「あっ、でもね、復活するんだよ。アスランは偉大なライオンだし、古い魔法に世界は守られていたし、それに何よりきっと、命は永遠だから」

命は永遠——男の子は、口の中でその言葉を呟いたようだった。

この子を学校の図書館に連れて行くことができたら、どんなに喜ぶだろう、と健太郎は思った。それから健太郎お気に入りの本屋さんにも一緒に行けたら。健太郎の住むマンションのそばに、いい本がたくさん並んでいる本屋さんがあるのだ。――この子には本は読めないかも知れないけど、健太郎が全部お話を教えてあげよう。何なら、代わりに頁をめくって、朗読だってしてあげていいのだ。

ナルニアのお話だけじゃない。冒険者の鼠たちや勇気あるリスのお話や、ラップランドを目指すニルスの冒険や、魔法のベッドのお話やメアリー・ポピンズや、それから小さくて可愛いこびと、コロボックルのお話を――この子が生きていた時代には読めなかっただろう、日本や世界のいろんなお話を、読ませてあげたいなあ、と健太郎は思った。健太郎が大好きなあのお話このお話に、この子はきっと夢中になり、好きになるだろう。いまみたいに少し寂しい笑顔じゃなく、面白かった、と笑う明るい笑顔を見てみたかった。

（戦争さえなければ――）

それか、この子が死んでしまう、それよりももっと前に戦争が終わっていたら、この子は元気に森を出て、たくさんの本をその手にして、読むことができたんだろうか。この子だけじゃない。きっと日本のいろんな街で死なずに済んだ子どもたちがいたのだ。

そう思うと、もう取り返しがつかないということが、悲しく、切なかった。

時を巻き戻すことはできないのだ。

物語の中には、ときどきそんな魔法が登場するけれど。ほんとうには、それは無理なことで、命は返らない。

（現実の世界で生きる人間は、偉大なるアスランとは違うから――）

たくさん話をした、その終わりの頃に、どういう話の流れからだったろう、健太郎はふと、その子にいった。

「昔は——ええと、その、きみたちの時代には、外国に行くとき、船で何日も何日もかけて海を渡って旅行したんだよね？　いまは飛行機で、ひとっ飛びで外国に飛んでいけるんだよ。ジェット機っていってさ、一度に何百人も乗れる、大きな飛行機なんだ」

何かの本で読んだことがあった。昔は、海外旅行はとても大変な、時間がかかることで、だから見送るひとたちは、港まで行って、手と手を振って別れたのだとか。今生の別れとか、そういう感じで。

幽霊の男の子は、目を丸くした。

『飛行機で？　普通のひとが空を飛ぶの？　それで外国に行けるの？　一般のひとたちが、その飛行機に乗ることができるの？』

「そうだよ。搭乗券さえ買えば、誰だって空を飛ぶことができるんだ。ちょうどほら、電車に乗るような感じで。もちろん、日本国内だってさ、遠くに行くときは飛行機に乗るんだ。ぼく、この町へ来るときや帰るときは、飛行機に乗るもの。それだけじゃない、いまや人類は、月にだって飛んでいけるんだ」

健太郎は胸を張った。——健太郎自身は、国内の移動はともかく、一度も海外旅行なんてしたことがないし、月に行ったことがあるわけでもないけれど。

『すごいんだねえ』

男の子は目を輝かせ、嬉しそうに笑った。


夜が明けて、辺りがほんのりと明るくなった頃、健太郎は、ふと目をさました。

いつの間にか、眠っていたらしい。

幽霊の男の子は、部屋のどこにもいなかった。

蚊帳の中の、健太郎の隣にお母さんが布団を敷いて、寝息を立てて眠っているだけで。

あの年取った猫も、いつの間にかいなくなっていた。

(あれ、もしかして、夢だったのかなあ?)

幽霊の男の子といろんな話をしたことも。そこに、年老いた猫がいて、一緒に話を聞いていたことも。

いまはただ枕元に、図書館から借りてきた『ライオンと魔女』があるばかりだ。

「――やっぱり、夢だったのかなあ」

夏の暑さに負けて見た夢。

額にふれると、もうひんやりとしていて、熱っぽくはなく、気持ちはすっきりしていた。

障子越しに射し込む夜明けの光の中で見る部屋は、ただの古びた小さな部屋に見えた。暗闇の中ではそこはかとなく神秘的に見えた蚊帳も、よく見るとほつれがあり、埃で汚れたところもあった。小さな蜘蛛《くも》が、音もなく、蚊帳の表面を移動していった。

この家にいるひとたちはみんな寝静まっているのか、ひとの声はなく、早起きの鳥たちの声がどこからともなく響き渡り、やがて蟬の声が四方から降りそそぎ始めた。

田舎の家で過ごした残り数日の間、もうあの男の子に会うことはなかった。

その頃、おばあちゃんの家に遅れて到着したいとこがやたら元気で人懐こく、健太郎を巻き込むようにして、ほかの親戚の子どもたちとの遊びや冒険に連れ出してくれたので、ひとりで森に行く時間もなくなってしまったのだ。

夜は夜で、肝試しや怪談に付き合わされて、終われば疲れて眠ってしまう。幽霊は会いに来てくれなかった。眠りが深くて、来ても気づかなかったのかも知れない。

そうこうするうちに、都会に帰る日になった。健太郎はお母さんとタクシーに乗り、電車と飛行機を乗り継いで、はるばると帰途を辿りながら、あの本が好きな男の子と出会い、話したのは、やっぱり夢幻だったのかなあ、と思っていた。——そうだ、物語の本の中の出来事ならともかく、現実の世界にはきっと幽霊なんていないのだ。

帰りの旅の途中、お母さんに話したら、でも、そうはいわなかった。

ただ目元に涙を浮かべて、そう、と、一言いっただけだった。

飛行機の窓の外にどこまでも続く、雲の波を見ながら、お母さんはいった。

「そうね。いまならば、好きなだけ、たくさんの本を読めたのにね。美味しい物だって、いくらでも食べさせてあげることができたのにね」

健太郎が都会に帰っていったあとも、あの小さな森には、幽霊の男の子がいた。

森の木漏れ日の中から、時折空を見上げていた。

『飛行機かあ……』

その大きな飛行機というのは、どれほど大きなものなのだろう、と想像した。もしかしたら、外国の童話や昔話に出てくる、竜のように大きな乗り物なんだろうか。空を飛ぶというのは、どんな気持ちになるものなのだろう。竜の背に乗ったような心持ちがするのかしら。

それに乗って、あの親戚の本好きの男の子――健太郎は、自分の街へ帰っていったのか、と思うと、胸の奥が寂しさに痛くなった。

彼はほんとうはもう、死んでしまっていて、痛いと思う肉体も存在しないのだから、そんなこと、感じるはずもないのだけれど。

青い空を見上げていると、あの子を乗せた大きな飛行機が、どこかに見えるような気がした。

飛行機なんて、実際には見たことがない。彼が生きていた時代の戦闘機の姿を映画館のニュースや雑誌、新聞の記事の写真で見たことがあるくらいだ。

『ぼくは、森を出ても良いのかな』

あの子が空を渡って帰っていったように、懐かしい都会に帰ってもいいのかな。

彼の帰るべき街は焼けてしまって、もう地上にはないのだけれど。

あの夜、夜通し話した中で、健太郎は自分は都会に住んでいるのだ、と話していた。たぶん、彼が昔住んでいた、そんな感じの大きな街に住んでいるのだろうと思いながら、彼は話を聞いていた。

健太郎の通う学校には、大きな図書館があり、面白い本がたくさんある。街にはお気に入りの本屋さんがあって、こちらにも店いっぱいに素敵な本がたくさんあるのだと。

「一緒に行けたら良かったね」

健太郎はそういって、寂しそうに笑った。

遠い親戚だからなのか、健太郎はどことなく、南の島の戦場で亡くなったお兄さんに面影が似ていた。そしてもちろん、彼自身にもどこか似ていたのだ。話すのが初めてとは思えなかったほどに。

『そうだね。もしぼくが生きていたら、幽霊じゃなかったら、一緒にきみの街を歩けたんだろう。そうしたらぼくたちは、きょうだいみたいに見えたのかも知れないね』

ふと、足下の草むらで、猫の声がした。

あの母屋にいた年老いた猫が、いつの間にか森の中にいて、すぐそばから、彼を見上げていた。

幽霊の手ではなでられないとわかっていても、彼は身をかがめて、猫の頭に手を伸ばした。そうするとふんわりと猫のあたたかさを感じられるような気がした。猫は優しい表情をして、目を閉じてくれた。

『会いに来てくれたんだね』

あの子が帰ったから、寂しいだろうと思って訪ねてきてくれたのかも知れない。猫はそんな風に賢くて、優しい生き物だということを、彼は知っている。

『――戦争は、もう終わったんだしね』

じゃあもう自分はここに、この町の、この屋敷の裏の森にいなくても良いんだな、と男の子は思った。

それに、彼がどこにいても、誰のそばにいても、病気をうつすこともないのだから。彼の胸の中に巣くっていた病原菌も、どうやら、もう死んでしまったのだから。

『この森を出て、どこかに行こうかな』

行くのなら、それは空の高いところにあるという場所だろうか、と、最初に思った。

遠い日の夏に死んでから、その場所のことは時折考えていた。

いまの彼は、『人魚姫』が光の中で泡になって消えたように、透き通る風に乗って、空に昇っていくこともできるかも知れない。

そうすれば、天使や神様がいるような場所に上がれるような、そんな予感があった。

空の高みから射す光の中に、はばたく天使の白い翼が見えたように思ったこともある。アンデルセンの童話に出てくるような、優しく美しい存在が自分の訪《おとな》いを待ってくれているような気がする。

『お空に行けば、家族とも会えるんだよね。みんなきっと、あちらにいるんだから』

彼の家は、昔は日曜ごとに教会に通っていた。戦争が激しくなって、神父様が追われるようにして国に帰るまでは、そこは懐かしい場所だった。あの教会は無人になったあと、建物疎開で壊されてしまったけれど。

だけど家族みんなの心には、きっと神様の国や、永遠の生命のことがあったはずだから、きっとみんな――外国で死んだお父さんとお兄さんも、空襲で家とともに燃えてしまったお母さんと妹も、そしていなくなった猫も、そこで待っていてくれるだろうと思った。

空を見上げて、彼は、いつかは、空の高いところに上がろう、と思った。その日そのときが楽しみになった。

『――でもその前に、少しだけ、「いま」の世界を歩いてみてもいいかな？』

都会に帰っていったあの男の子が――健太郎が話していた、学校の図書館を見てみたかった。健太郎の住む街にあるという、彼の大好きな本屋さんもそっとのぞいてみたかった。そこに並ぶ、たくさんの本を見たかった。

それはたぶん、彼には二度と帰れない、空襲で焼けてしまった故郷の街が、そんな風に、学校の図書館に本がたくさんあったり、立派な本屋さんがあるような街だったから、懐かしくて、訪ねてみたいのかも知れなかった。

幽霊の自分には、ふれることのできない、読めない本ばかりがそこにあるのかも知れないけれど、本がたくさん並んでいるところに行ってみたかった。本の匂いを――彼のもう存在しない鼻で嗅げるかどうかわからないけれど、嗅いでみたかった。

遠い親戚のあの子を訪ねていって、もう一度話してみたいような気もしたけれど――そうするには、少しだけ、勇気がなかった。だって、幽霊が遠くまで追いかけてきたりしたら、やっぱり怖いんじゃないかしら。

『でも、遠くから楽しそうにしているところをそっと見守るとか、それくらいなら、してもいいのかな』

怖がらせないように。驚かせないように。自分が見ていると気づかれないように。

いまの世界で、平和になったこの国で、自分によく似た、自分の兄弟のような男の子が、幸せそうに暮らしているのを見ることができたら、きっと楽しいだろう。自分も幸せになるだろう。そんな気がした。

どうやら長い長い間、ひとりぼっちで、この森の中にいたんだもの、少しくらい、自由な時間があってもいいいんじゃないのかな。

『だって、戦争が終わった世界を、ぼくは知らないんだもの』

彼の記憶の中にあるこの国は、ずっと戦争を続けていたのだから。


そしてやがて彼は森を出て、屋敷のそばを通って、ひとりの旅を始めた。どこまでも空の下を歩いたり、たまにはふわりと風に乗って飛んでみたりして、長い旅をした。

あの親戚の男の子が住む街がどこにあるのかは、幽霊の勘でわかった。便利なものだなあ、と自分でおかしかった。渡り鳥のように方角がわかるから、あとはそちらへ向けて、のんびり旅してゆくだけだった。

お腹は空かない、疲れることもない、時間がどれほど過ぎても、まるでかまわない旅だから、実に楽しく、気楽な旅になった。

旅の途中、開けた野原があれば、そこに寝そべって、一面の星空を見上げたりした。彼は星を見るのが好きだった。そんなこと、あの森にいる間は忘れていたけれど。

星座を見つけたり、流れ星を探したりしていると、飽きなかった。夜空で光る星は、小さな宝石の欠片のようだった。天の川を見つけると、『銀河鉄道の夜』を思いだした。宮沢賢治《みやざわけんじ》の本も好きだったたから。

空を行く蒸気機関車は見えなかったけれど、渡り鳥が行くのは見えた。それから、ある夜、光を点滅させながら、夜空を渡ってゆく鳥のように大きな影を見たこともあって、ああれがきっと、飛行機なんだ、と胸が熱くなった。幽霊でも胸が熱くなるんだな、と思った。

『ほんとうに戦争は終わって、平和になったんだなあ』

旅の間に、彼は何度もそう思った。

ひとびとの表情は明るく、町も村も裕福そう。お店はたくさんの品物であふれ、みんな楽しそうに買い物をしている。笑い声や音楽があちこちから聞こえ、夜はいつまでも明かりが灯って明るかった。家々の窓に灯る灯はあたたかく、幸せそうに見えた。

薄々わかっていたけれど、幽霊というものは誰にでも見えるものではないらしい。むしろ、旅する彼が見えない、彼に気づかないひとがほとんどだった。

よほど勘がいいひとや、心が綺麗なひと、小さな子どもでもなければ、すぐそばを通り過ぎても、気配にも気づいてもらえないようだった。思えばあの夏に出会った健太郎は、小さい子どもというには生前の彼と同じほどの年齢だったけれど、彼をちゃんと見て、声も聞いてくれた。笑いかけてくれた。

まだ子どもだったから、彼を見ることができたのか。それとも親戚だったから？　よほど繊細で心が綺麗だったのか。けれどあの子も、おとなになったら、彼に気づいてくれなくなってしまうのだろうか――。

『あの夜、ぼくに気づいてくれて、嬉しかったなあ』

自分がここにいる、ということに気づいてもらえて嬉しかった。

昔、人間の子どもとして生きていた頃――あの森の中で過ごした晩年には、遠い親戚のひとびとは、彼と目を合わせようとしなかった。日に二度、食事や水を持ってきてくれたけれど、そのときも、それらを枕元に置いて、足早に去って行った。病気がうつるからというよりも、後ろめたかったからだろうとわかった。家族を亡くした自分をここに置いて、食べさせてもらえるだけでありがたい、だから何もいわなかったけれど、寂しかった。そこにいない人間のように思われているみたいだったから。

あの頃、屋敷にいた小さな子どもたちが、たまにこっそり森に来て、遠くからこちらをうかがう、その気配には気づいていた。気遣わしげな、優しい目線が嬉しかった。胸の病気がうつったらいけないから、おいでと呼ぶことはなかったけれど、洞窟の格子の奥で、少しだけ微笑んでみせた、その表情は見えていただろうか。

早晩自分は死んでしまうだろうけれど、そんな人間の願いが叶うなら、どうかあの子たちは自分のように病を得ることがなく、家族を亡くすこともなく、幸せに生きて欲しい、と、呟き込みながら、神様に祈ったのを覚えている。

（ああ、健太郎くんは、あの小さな子どもたちにどこか似てたんだ）

親戚だもの、当たり前かも知れないけれど。

優しい目が、懐かしかった。


それから彼は、どれくらい長い間、旅を続けていただろう。

海を渡り、川を越え、風に乗って山を越えたり、時として気ままに遠回りをすることもあったから、どれほどの間、自分が旅を続けてきたのか、よくわからなかった。

ひとの身ならば、疲れたり空腹になったりするから、時の流れを意識するのかも知れない。誰かと一緒の旅ならば、いままでの道を振り返ることも、この先の旅について話し合うこともあったかも知れない。そうして時の流れの速さを感じることも。

けれど彼は、年をとることも眠ることもない、ひとり旅の幽霊だった。それにずっと森の中にひとりぼっちでいた子どもには、平和になった世界は美しく、楽しげで、旅を進めるごとにいろんなものに目を奪われ、しばし歩みを止める、その繰り返しだった。

それでもいつかは、目的地へと辿り着く。

ある夜のことだ。彼はついに、あの日健太郎が帰っていった街の近くへ辿り着いた。

地平線の向こうの平野に、どこまでも広がっているのは、光の粒を撒《ま》いたような、まばゆい空間だった。その粒のひとつひとつがひとの手が灯した明かりだと気づいたとき、彼は胸を打たれた。

『まるで、銀河系みたいだ』

宮沢賢治の『銀河鉄道の夜』の、その最初に、学校の先生が、主人公ジョバンニや教室の子どもたちに語りかける場面がある。銀河系の光の渦は、無数の光の粒——つまりは星で、真空の宇宙の中でたくさんの星が光っている姿なのです、と、そんな話を。

きっと家とともに焼けてしまっただろう、繰り返し読んだその本のことを、彼は懐かしく思いだした。

『ジョバンニは、「ほんとうの幸い」を探しに旅をしていたんだっけ』

自分が幸せになる方法じゃない。友達や家族や、いやもっと広く、世界中のみんなが幸せになるにはどうしたらいいのか、自分にはそのためにできることがあるのだろうかと考えながら、親友カムパネルラとともに、空を行く不思議な銀河鉄道で旅をする。

『ほんとうの幸い、か』

自分もそれを見つけられたら良かったのに、と彼は思う。もう死んで幽霊になってしまったのだもの、いまから見つけても遅い。見つけた真理を誰に伝えることもできない。だって彼はひとの目に見えない幽霊。彼の言葉に耳を傾けるひとはいない。

『世界を少しでも良い方向に変えたかったなあ。誰かを幸せにしたかったんだ、ぼくは』

いままで言葉にしたことがなかったけれど、そう願っていたのだと気づいた。

『ぼくは、そんな人間になりたかったんだ』

なのに、何もできないまま、死んでしまったのだな、と思うと、目尻に涙が光った。

幽霊なんだもの、涙なんて流せないはずだ、と思ったけれど、ひんやりと涙は頬を流れ、夜風に吹かれて、どこかに消えていった。


さて、とある都会の片隅の、小さな商店街に、一軒の書店があった。

かつては多くのお客さんが店を訪れ、賑わっていたこともあったお店なのだけれど、昨今のさまざまな時代の変化に伴って、売り上げも減って行き、ついにこの夏の終わり、店を閉めることを決めたのだった。

「まあ、売り上げが減ったからというよりも、店が古くなったからなんだけどね」

その日の閉店後、シャッターを下ろした後の店内で、明日の入荷に備えて平台を整えつつ、やや年老いた店長は、足下にいるこれも老いた猫に語りかける。

夏の夜の虫たちの声が、どこからともなく静かに響いていて、それが物悲しく聞こえた。

彼が子どもの頃にはもうこの商店街にあった古く立派な書店は、彼の成長とともに年月を重ね、壁を飾っていた歴史のある煉瓦《れんが》もたまに剝がれて落ちるようになっていた。

「街のひとたちに怪我させちゃいけないからね」

店長はすっかり痩せて細くなった肩をすくめた。

古くなったのは、店だけではない。

子どもの頃は客のひとりとして店に出入りし、代々の店長や店員たちに可愛がられ、のちに学生アルバイトとしてここで働くようになり、ついには店の後継者、店長としてこの場所を預かることとなった、その長い時の流れを、彼はいま振り返る。

「一瞬だったようにも思うけどね」

気づけばもう六十代だ。かつて、ひとりの本好きの子どもとして、この街で育ち、ここに並んだ本を始めとするたくさんの本によって心を育てられ、おとなになり、いま店と同様に古びた自分のこれまでの人生に想いを馳《は》せる。

店長の名前は健太郎。昭和の時代のある夏に、母方の親戚の家で、幻のような少年と出会った、あの子どもの成長後の姿だった。

「店を閉めると決めてからかな。どうも、あの子のことをよく思いだすようになったよ」

太平洋戦争が終わった頃、小さな森の中の洞窟で死に、幽霊になった男の子。その頃の健太郎が愛読していた——そしていまも、子どもの本の中ではいちばん好きかも知れない、『ナルニア国ものがたり』の第一巻、『ライオンと魔女』を面白そうだと、はにかんだ笑顔でいっていた男の子。

もう何十年も昔の夏のことなのに、不思議と鮮やかに思いだせる。

遠い昔の終戦の頃、子どもだった母や母の兄姉が、可哀想に思い、友達になりたかったと話していた、洞窟の中の孤児の男の子——母が何度も話してくれていた男の子の、その幽霊と、まさか自分が会えるとは思っていなかった。どこかお伽話の中の子どもみたいな、そんな気持ちがあったから。

あれはほんとうのことだったのだろうかと、あの日以来、いつも心の片隅にあった。もう一度会って確かめたい、何度もそう思った。

けれどその田舎町は、子どもがひとりで行くには遠いところにあった。健太郎はもう一度、あの森へ出かけたかったけれど、その機会はなかなか訪れなかった。

高校生になった頃、アルバイトでお小遣いを貯めて、あの森を訪ねた。森は子どもの頃の記憶とは違って、ちっぽけなすぐ終わる森で、洞窟も浅く明るくて、そして幽霊のあの子はいなかった。少なくとも、高校生になった健太郎は懐かしい小さな森で、あの子と会えなかったのだ。洞窟にぼろぼろになって残されていたアンデルセンの本だけを、そっと持って帰ってきた。

それからそう経たず、森は切り拓かれ、駐車場になったらしい、とのちに母から聞いた。


夢か幻かわからない男の子と話した記憶は、その後もずっと、健太郎の中にあった。

面白そうな本を見つければ、彼に教えてあげたいと思ったし、読んでいるときは一緒に読んでいるような気持ちになった。たまに彼を真似《まね》て朗読することもあった。

気がつけば、前よりも一層、本好きになったかも知れない。ふたり分の読書をするような気持ちになっていたのかも知れない。

成長後、書店に勤めるようになってからは、あの男の子や、あの子が大きくなってから楽しんでくれそうな本はどの本だろう、と、無意識に考えていたような気がする。

そして、この店の店長となったとき。彼は店の中の児童書の棚を増やし、古今東西の最高の子どもの本を、自らの手で選び、棚に並べた。

幽霊になっても、本を読みたいと願ったあの子や、あの子のように命を落とした、本を読みたかったろう、昔の子どもたちに——いまも世界のいろんな場所にいる、戦火の中で傷つき、命をなくした子どもたちのために、供物を捧《ささ》げるような気持ちで。

いまを生きる子どもたちに、最高の本を差し出すために。自分が幾多の児童書をいまも心の友にしているように、子どもたちの未来の友となり、ともに生きていける本を、この店のこの棚から選んでほしいと、想いを込めて棚を作った。

「わたしがここで手渡してきた本は、ほんのわずかでもこの街の子どもたちの心に残り、心の友となってくれただろうか。この先、この店がなくなって、地上にこんな書店があったということを、誰も覚えていない時代が来ても、それぞれの心の中に、ほんの小さな欠片でも、ここで出会った本の記憶が残っているのなら、わたしも、この書店も幸せなんだけどなあ」

ずっと忙しかったけれど、いつだって、この棚に並ぶ本のすべてを自分は大好きで、誇りに思っていたのだと健太郎は思う。

人間が好きなのに、人付き合いは子どもの頃から変わらずに無器用なまま。仕事が忙しかったこともあって、気がつけば家族も持たず、友人も少ないままに暮らしている。気ままで良いようそぶいてはいるけれど、そんな彼にとって、この店はただひとつの、守るべき宝物だったかも知れなかった。

「——あの子に見せてあげたかったな」

本が好きな幽霊のあの子に。彼が選んだ、選び続けてきた、最高に素敵な本たちを。

窓から月の光が射した。

児童書の棚がある辺りに、外の明かりを取り入れるための大きな窓があった。日の光で色褪せないように気をつけながら、絵本や子どもたちのための本の棚をそこに並べていた。明るい場所で子どもたちに本を選んでほしかったから。

レースのカーテンを開けたままにしていたその窓から、魔法めいた明るい夏の月の、青白い光が射していた。

猫が窓の方へとことこと駆けて行き、そしてふと何かを見上げ、健太郎の方をみると、小さく鳴いた。

「——どうした？」

怪訝《けげん》に思って猫に訊いたのと同時に、健太郎の目はたしかに、そこに、本棚の間に立つ、懐かしい子どもの姿を見た。うっすらとしたその姿は月の光に透けて、夜空に溶け込んでしまいそうだった。

その姿は、彼が子どもだった昔、言葉を交わした夜のようには、はっきりと見えなかった。けれど男の子は笑っていた。そして笑顔でいった。言葉がよく聴きとれなくてもわかった。

――面白そうな本ばかりだね、素敵なお店だね、と、たしかにその子はいったのだ。

優しい、明るい笑みを浮かべて。

そして、その子は姿を消した。――不思議な、あたたかな気配だけをそこに残して。

健太郎は月の光に照らされたその一角を、しばし探し回り、やがて諦めた。

この目にはもう、あの子の姿は見えなかったけれど、いまも残る、このあたたかな気配だけは――錯覚でも気のせいでもない、と思った。

なぜって、彼はこの気配を知っていた。たしかに、記憶にあった。あれはいつ頃からだったろう？　まだ彼が中学生か高校生くらいで、そろそろ子どもではなくなってきた頃だったろうか。

ふと、この店の一角に不思議なあたたかさや懐かしさを感じるようになっていた。それはちょうど、あたたかな明かりが灯った後に、いつまでもぬくもりが残っているような、そんなあたたかさだった。店を訪れるたびに、ふわりとその気配にふれた。

その優しい不思議な違和感に、いつの間にか慣れ、いつかそれが当たり前になっていた。心地よく、懐かしい、あたたかさだったからかも知れない。

「――もしかして、きみ、いつもここにいたのか？」

この店に。あるいはこの街に。

健太郎の目には見えていなかっただけで。

本が好きな子どもの幽霊は、いつの間にかひっそりと、健太郎のそばにいたのだ。

きっといまもいる。いまはもう、彼の目には見えないけれど。

「わたしは——ぼくはもう、きみのことを幻だとは思わないよ。夢だったとは思わない。きみがいたことを忘れない。この世界に存在していたことを。あの夏の夜、ぼくと会って、話をしたことを」

店の中を掃除しながら、彼は微笑みを浮かべ、静かにいった。優しい精霊のように、いまもこの店の中にいるのであろう、あの男の子に。

「ありがとう。きっときみがいたからこそ、ぼくはここで、この街の子どもたちに、最高な本を選び手渡すという仕事を続けてくることができたんだ。——いやぼくらはきっと、一緒にここで、大切な仕事をしてきたんだ。長い旅を続けてきたんだよ」

『ジョバンニとカムパネルラのように？』

かすかな声が聞こえた。そんな気がした。

「うん。たぶんね。——そうかもね。ぼくは——ぼくらは、自分たちなりの、『ほんとうの幸い』を探してきたのかも知れない。見えない銀河鉄道に乗って、時を超えて」

どこまでも一緒に行こうね、と『銀河鉄道の夜』の中で、ジョバンニは親友カムパネルラにいったんだっけ。けれど、カムパネルラはいなくなってしまうんだ——。

そんなことを思いだしながら、健太郎は、窓越しの都会の空を見上げた。

そこには空を行く銀河鉄道は見えない。

けれど、自分のそばに、ともに長い旅をしてきた友達がいることを、健太郎は知っている。

そして——。

(彼がこの店や、この店の棚を喜んでくれるのなら、ぼくはまあ、良い仕事をしてきたんじゃないのかなあ)

そう誇っても良いような気がした。

きっと、少しでも、ささやかにでも、自分がしてきた仕事で、幸せになった子どもたちがいる。お客様がいる。

世界はきっと、わずかでも幸せになったのだと、信じられるような気がした。

この手も、店も、ささやかに大切な仕事を成し遂げたのだと。

一番星の双子

二月の宵。

冬のまっただ中のはずなのに、どこかしら、近づいてくる春の気配を感じるのは、なぜだろう、と美雪《みゆき》は思う。

編集プロダクションでアルバイトしたあとの帰り道、安物のコートの前をあわせながら。

立春は過ぎたと思うからなのか。——それとも……。

(早くあったかくなってほしいと思うからかな?)

背中を丸め、洟を啜る。年末から仕事が忙しく、徹夜が続いたせいか、風邪を引き込んだらしい。背中には寒気が。頭痛もちょっと。

食欲はあるから、アパートに帰ったら、鍋焼きうどんでも作ろうかと思う。

「——卵、あったかな。コンビニで買って帰るか」

そして炬燵《こたつ》で少しだけ眠って、起きたら原稿を書こう。〆切《しめき》りが近づいている仕事がある。

今夜のうちに終わらせておきたい。

ほんとは一日二日ゆっくり休んでゆっくり眠ったら、風邪ぐらいすぐに治るような気がするけれど、アルバイター兼零細ライターにはそれは贅沢だ。仕事がある限り、ハムスターが回し車の中で走り続けるように、休まず働いていなくては。

ああ寒さが身に沁みる。それでも、春は来るんだよなあ、と思う。

いまは吐く息が白い、二月の夜でも。

「なんかさ、光に春を感じるんだよね」

大きな街の上に広がる空は、見る間に夜の深い紺になる。ファッションビルや駅ビルの放つ灯りに負けるように色褪せて見える夜空に、ひとつぽつりと星が灯るのが見えた。

「——一番星だ」

願い事しなきゃ、と、とっさに思った。子どもの頃に育った小さな町では、一番星に願い事をすると叶うといわれていた。

軽く肩をすくめる。そんなこと、長い間思いだしていなかったのになあ、と。

美雪ももう三十路《みそじ》だ。空のお星様に願いをかけるような年でもない。

鼻水はずるずると垂れる。片方の鼻が詰まって、息苦しくて、頭がぼんやりする。

「願い事……願い事、ねえ——」

これといってないやと思った。もしくは、ありすぎて決められないのかも知れない。まずはこの鼻詰まりから解放されたい。

ぼんやりと考えているうちに、星の数が増えていった。

どれが一番星だったか、もはやわからない。

ため息をついて、のろのろと歩き始めた。早く帰らないと、睡眠時間が減っていってしまうじゃないか。こんなところで、時間を潰しているわけには……。

住宅街の外れの石段と坂道を、アパートに向かってよろよろと上っていくうちに、ふと、何か気になるものが見えたような気がして、立ち止まった。

街灯に照らされた、小さな公園のベンチの陰に、ふわりと白いものがある。ちょうどコンビニのレジ袋のような、柔らかそうな、丸っこい感じの——。

「——猫?」

白猫がうずくまっている。

この辺には、ちらほら野良猫がいる、と話に聞いたことはあったけれど、まぢかで見るのは初めてだった。この辺の猫は人慣れしていないのか、ひとの姿を見ると、一瞬で物陰に隠れてしまう。

「こんな冬の夜に、寒くないのかなあ」

地面の上は氷のように冷えていそうだ。

もともと猫は好きだし、ちょうど進行方向でもあったので、歩きながら、つい猫がいる方を覗き込んでしまう。

はっとしたのは、猫の白いからだのあちこちが赤く汚れていたからだった。

「怪我してる……?」

そばにかがみ込むと、猫は目を開けた。暗くてよくわからないけれど、青い目のようだった。小さな声でにゃあん、と挨拶してくれたけれど、ずいぶん痩せて汚れていて、おそらくは野良猫のようだった。もしかしたら逃げたくても逃げられないくらい、具合が悪いのかも知れない。

可哀想で、胸がぎゅっと痛んだ。

そして、悩んだ。――この猫、どうしよう？

もしかしなくても、この猫はわたしが助けないとまずいんじゃないのかな？ 冬の夜だし、この猫には、今夜帰る家もなさそうだし。怪我、どこにどんな風にしてるかわからないけど、血が出てるし。痛いよね。うん、痛そうだ。

「交通事故かなあ。だったらどこか骨折してたり、最悪、内臓とかまで、痛めてるかも知れないのか……」

このままここに残していったら、もしかして――死んでしまったりするのだろうか。

独り暮らしのアパートは古くてぼろぼろで、雨漏りもしていて、その代わり、家賃は安いし、大家さんが寛容だった。犬や猫や金魚に亀に小鳥、とペットを飼っている住人が多い。庭やベランダは花盛り。果物や野菜を作っている住人もいて、たまにお裾分けがある。

「この子を部屋に連れて帰っても、怒られはしないだろうけど――」

美雪に、この猫を助けられるのだろうか？

怪我をした猫の治療費が高いことを、美雪は知っている。ずっと昔の子どもの頃、友達とふたり、こんな風に怪我した猫を助けて、大変だった記憶が蘇る。

事故に遭って、道に倒れていた猫だった。口から血を吐いていて、可哀想だった。あのときは、結局助けられなかったのだ。友達とふたりでお小遣いと貯金を出し合って、病院に連れて行ったけれど、わずかなお金が尽きるより前に、猫は力尽きてしまった。

獣医さんは猫を診てくれたあと、悲しそうに、ごめんね、と美雪と友達に謝ったのだ。先生には助けられないみたいだよ、ごめんね、と。

そして、独り言のようにいった。

「だけど、もう少し早く、病院に来ていれば……もしかしたら……」

あの猫は、最初は生きていて、痛みをこらえるようにして、甘えてくれたりしていた。泣きながらつれて帰った、病院からの帰り道、みるみるうちに元気をなくし、苦しそうになり、そして、さよならというように小さな声で鳴いて、死んでしまった――あのときの苦い記憶と感情が胸の奥からこみ上げてきた。

この猫も、あんな風に、死んでしまったりするのだろうか。

「助けるなら、まずは病院に連れて行かなきゃだけど――それは別に面倒じゃないけど……」

自分のような、この先のこともわからない、独り暮らしのアルバイター兼ライターが、この猫の命に責任を持てるのかどうか。愛はあると思うけど、そう、金銭的な自信がいまひとつ。子どもの頃よりは、お金持ちになったけれど。

「うう。夜、まだ早い時間だし、誰か他のひとが見つけてくれたりしないかなあ」

この辺は住宅地だし、人通りもまあまあある。美雪よりもちゃんとした仕事に就いたしっかりしたひとが、猫を拾ってくれないだろうか。

つい思った、そのとき、白猫がそっと前足を上げた。優しい仕草で、甘えるように、美雪の腕にその前足をかけた。

ほんの小さな猫の手の、軽くあたたかな感触と、細めた目の優しいまなざしに、美雪はその場から立ち上がれなくなった。

ずっと昔、助けたくて助けられなかった猫も、こんな仕草で甘えるように手をかけてくれたことを、思いだしたのだ。

そして、猫が死んだときに思ったことも。

自分が、そしてそばで泣いている親友が、おとなだったら良かったのに、と思ったのだ。こんな、猫のために何もできない子どもじゃなく、いま、自分たちがおとなだったら、なんとかしてこの猫を助けられたのじゃないだろうか、と歯を食いしばって泣いたのだ。

たとえば、病院にもっと早く行けていれば。獣医さんは遠い町にあった。そこに行くのに、美雪の自転車の籠に入れていくしかなかったけれど、猫は揺れて辛かっただろうし、時間もずいぶんかかってしまった。おとなならば、きっとタクシーに乗って、すぐに連れて行けたのに。

あのときの猫も、白猫だった。

「そっか。これも縁か――」

仕方ないか、と、美雪は苦笑しながらため息をついた。もうおとななんだものね、やるだけのことは、やらなきゃね。

コートを脱いで、それで猫をくるむようにして、そっと立ち上がった。安物の薄いコートだから、猫をくるみやすくて助かった。

猫はほんとうに痩せているのか、ずいぶん軽かった。でも、あたたかく、美雪のからだに寄り添うようにすると、喉を鳴らしてくれた。

「――獣医さんはまだ、開いてるよね」

光で照らされている、繁華街の方へときびすを返す。石段と坂道を、ゆっくりと降りて行く。すっかり夜になって暗くなった空には、星がまたたいていた。あの中の、いったいどれが、一番星だったのだろう。

願い事なんて、もう遅いかなと思いながら、腕の中の猫が元気になれますように、と、そっと胸のうちで願った。

子どもの頃も星に願ったなあ、と切なく思いだしながら。

あの頃、親友の女の子とふたり、ジャングルジムの上で、一番星に祈ったものだ。

いろんなことを。空に近いところで。

(美月《みつき》ちゃん、あの頃のこと覚えてるかなあ)

そうだ。ほんとうにいろんなことを、一緒に祈った。子どもの頃のいちばんの友達と。

あの頃住んでいた小さな町で、いつもそばにいた幼なじみ。

あの子は、いまも猫のことを好きなのだろうか。

よく登った、ジャングルジムのことを、覚えているだろうか。

空に近いところにあった、あの公園の、ジャングルジムを。

美雪が子どもの頃住んでいた町には、古い小さな公園があった。

そこにあった、昔ながらのジャングルジムが、美雪と美月のお気に入りで、ふたりはよくそのてっぺんに登っては、空を見ていた。

美雪と美月は、顔が似ていた。知らないひとが見れば、双子なのかしら、と思うくらいに。名前だって似ている。実際よくいろんなひとに間違えられていたものだ。小さい頃から近所に住んでいたし、いつも一緒に遊んだり、登校や下校をしたりしていたから、ややこしい取り違えもたまにあったけれど、ふたりは仲良しだったから、気にしていなかった。いやむしろ、間違えられることが嬉しくて、楽しんでいたかも知れない。それくらいに、大の親友同士だったのだ。

けれど、同じ顔立ちでも、性格はまるで違っていた。美雪は慎重で、自分に自信がなくて、内気でうつむきがち。美月はいつも明るく笑っていて、ひとの前に出るのが大好き。元気でおしゃべりでかろやかで、美月がそこにいると、ぱあっと花が咲いたようになった。

同じ顔立ちなのに、美月はいつも華やかでその場の中心で、美雪は影が薄く、いるかいないかわからない子、といわれていた。

育ちも違っていた。どちらも早くお父さんを亡くしていて、そこだけ同じだったけれど、美雪のお母さんは事務員と惣菜《そうざい》屋さんのパートを兼業しながら、下町にあるアパートの一室で美雪を育て、美月のお母さんは、裕福な実家で暮らしながら、たまにフラワーアレンジメントや手作りのお菓子の講師をしたりして、ゆとりのある日々を送っていた。

けれど、ふたりのお母さんは子どもたちを通して出会い、とても気があって、仲良しになったし、子ども同士もことさらに生活環境の違いを意識することはなかった。少なくとも、その頃——小学生の頃には。

そもそも、美雪は、いつもみんなの主人公みたいな、明るい美月が大好きだった。

美月は、逆に、

「わたしは美雪ちゃんが賢くて、しっかりしてて、落ち着いているところがとても好きよ」

と、いってくれていた。「難しい漢字がいっぱい読めるところもすごい。分厚い本を、最後まで読めるところとかも」

美月はあんまり成績が良くなくて、特に国語が苦手だった。本を読むのは嫌いだし、漢字のドリルは面倒で飽きてしまう。

「だから、美雪ちゃんのこと、ほんとに尊敬してる」

美月は憧れるようにいってくれていた。同じ顔なのに、国語と作文が好きなだけで、何の特技もない、地味で普通の女の子の美雪に。

そんな美月が、美雪は大好きで、大切で。ほんとうの双子なら良かったのに、といつも思っていた。それは美雪だけが思っていたわけではなく、美月もよくその言葉を口にしていたのだ。

そして美月はこうもいった。

「わたしたち、そっくりなだけじゃなく、気もあうしさ、違う家に生まれた双子みたいよね」

「そうだね」

美雪はそっとうなずいて、笑った。

奇跡的なことに、ふたりの誕生日は同じだった。同じ年の同じ月の、同じ日に生まれた。そんなことも、まるで物語の中の出来事か、約束された親友の証《あかし》のようで、ふたりはとても気に入っていたのだ。


ふたりで、夕方や夜にジャングルジムに登ると、月や星がとても近くに見えた。いや手が届かないくらい高いところにあるのは変わらないけれど、地上から見上げるよりは、よほど宇宙に近づいたように思えたのだ。

一番星に願い事をするときっと叶うと、その頃、学校で噂されていた。だからふたりはよく、ジャングルジムの上から、星を見上げて祈ったものだ。

空に灯る一番星に向かって。

「夢が叶いますように」

美雪には特にこれという夢はなかった。というよりも、母とふたり、町の片隅で、のんびり暮らしていければ良いと思っていたかも知れない。苦労して自分を育ててくれている母親の姿を見ていたので、おとなになったら美雪が働いて、母に楽な暮らしをさせてあげたいと思っていた。

それ以外には特に何も。自分はちょっと国語の成績が良いくらいで、全然普通の子どもだから、何かを願うなんて無理、おこがましい、と思っていたところもあるかも知れない。

けれど、美月には、夢がしっかりあった。

アイドルや女優や、そんなきらきらした存在になることが、美月の夢だった。そのために習い事をしていたし、いずれ都会の児童劇団に入りたい、という希望もあった。

実際に、美月は歌もお芝居も巧かった。教室で、休み時間に歌やダンスが得意な子たちがうたい踊るとき、その中心にいるのは、いつも美月だった。学芸会での美月は演劇部と合唱部と放送部を掛け持ちしていて、そのどの舞台でも、光り輝いた。

「うたえて踊れて、なんでもできる、スーパースターになりたいの」

そんな派手な台詞《せりふ》、他の女の子が口にすれば、笑われてしまうかも知れない。

でも美月がいうのなら、よく似合った。

叶う夢だと、きっと、みんなが思った。

誰よりもいちばんそばにいる美雪が思い、信じた。その夢を応援したいと心から思ったのだから。

だから、ジャングルジムの上から一番星に祈るとき、美雪は美月と一緒に、美月の夢が叶いますように、と祈った。

あの小さな公園は、いまもあの町にあるらしいけれど、ジャングルジムはもうないらしい。

いつのことだか、子どもが落ちて怪我をしたそうで、それをきっかけに撤去され、どこかに片付けられてしまったとか、そんな噂を以前、ネットで目にした。

ある日たまたまSNSで流れてきた懐かしい公園の写真に、ぽっかりと地面だけが残ったジャングルジムの跡地が写っていた。その投稿に、ジャングルジムが消えた理由について――真偽は不明だけどと、書き添えてあったのだ。

どこの誰とも知らない、いまあの町に住んでいるらしい誰かの投稿は、特に誰かに話しかけられることもないまま、静かに拡散され流れてきて、言葉の海の中に沈んでいった。

あの投稿は、どうにかすれば見つかるかも知れないけれど、いまはもうあの町にいない美雪にしてみれば、今更読みかえしてどうするのだという思いがあった。

ただ、ジャングルジムがなくなった公園の写真だけは、あれ以来目に焼き付いていて、思いだすたびに、胸の奥が痛んだ。――もう長いこと帰っていない町なのに、と、自分の気持ちがどこかひとごとのように不思議だった。

十と数年も昔に大学進学を機にあの町を離れ、同じ頃、お母さんを亡くしてからは、もうあの町には用も思い入れもなくなったように思っていたのだけれど。

「いまじゃ知っているひともいないし、そこまで懐かしい町じゃないと思ってたんだけどなあ」

伝え聞く情報によると、町はいまどき流行の再開発でだいぶ姿を変えたらしい。素朴でこの国のどこにでもあるようだった小さな町の路地もアーケードもいまはなく、美雪の友人や知り合いも、それぞれ土地を離れたらしく。華やかに生まれ変わったあの地に帰っても、きっと美雪を知るひとは誰もいないのだ。

「まあ、もともと友達は少なかったけどね」

子どもの頃の自分を振り返ると、ずいぶん内気だったものだと思う。いっそ、世界中が怖いくらいの勢いで、誰とも目を合わせず、ひとを避けていた。

特に理由があったわけではない。どこの町にも探せばいるような、いささか繊細で過敏な、怯《おび》えやすい子どものひとりだったのだろう。

その後、たぶん独り暮らしをきっかけに、ひとと普通に話せるようになり、知り合いや友達も作れるようになり。いまの美雪はたぶん、当たり前に人間というものを好きになれたと思う。誰かと会話することも知り合うことも苦ではなくなった。ライターになってからは、取材が楽しみなときも多いくらいだ。

けれどあの頃は、仲が良かったのは美月ひとりくらいのものだった。美月は美雪と違って、みんなのアイドルで、老若男女に人気があって、学校や商店街の人気者、みたいなところがあったけれど。

ふたりで町を歩いていれば、みんなが美月に話しかけ、笑顔を向けていたものだ。

「わたしは、いつもそんな美月ちゃんの陰にいたもんなあ」

美月の影のように、そっとそばにいる。それでよかった。みんなの笑顔が自分に向けられなくても、寂しくなかった。だって、美雪も美月が大好きだったから。

だから、そこまで、自分自身にあの故郷の町に愛情があるとは思っていなかった。

「だけど——」

どうやら、公園のジャングルジムは懐かしく、多少の愛着もあったらしい。

「あのジャングルジム、わたし、子どもの頃、いちばん上から落ちて、膝をぶっつけて大出血したことあるけど、あの頃は何も問題にならなかったのになあ」

地面に膝小僧をぶつけて、砂利ですりむいて怪我をした。いまもその跡がひきつれて残る程度には、ひどい怪我をしたのだけれど、当時はジャングルジムを責める声はなかったと思う。

無事で良かった、けれど落ちた美雪がうっかりしていたからいけなかったのだ——そんな風に、みんなが思っていたような気がする。

そういう時代だった。何しろ、本人もそう思っていた。

いや、名誉の負傷だと思っていたかも。

心の奥から、懐かしい記憶が浮き上がる。

黄昏時、ジャングルジムから落ちそうになった美月をかばい、一緒に下に落ちて、美雪は怪我をした。親友の下敷きになるようにして。

ほんとうは美月の方が、美雪よりずっとずっと運動神経が良かった。——けれど、そうあの日は、それぞれの母に助けられるようにして猫のお葬式を済ませた数日後、可哀想な猫が死んでからそう経たない日で、美月はジャングルジムの上でずっと泣いていて、そのせいでバランスを失って、落ちたのだ。

助けようとして、一緒に落ちた美雪は、膝の激痛と地面に流れた自分の血に、死にそうな気分になったけれど、それでも、美月が無事なことが嬉しかった。

美月はスーパースターになる女の子だ。みんなのアイドルになるんだから、怪我なんてしたらだめなんだ、と思った。

「死なないで。美雪ちゃん、死なないで」

美月は何度も繰り返しながら、美雪のそばで泣いていた。「美雪ちゃんは、パパや猫ちゃんみたいに死んだらだめよ。ずっと美月のそばにいて。いなくならないで」

「死なないよ」

美雪は何とか笑いながら、いったのだ。「死なないよ。わたしはずっと、美月ちゃんのそばにいるから。だから絶対に死んだりしないってば」

「ほんと?」

「うん。わたしたちは、永遠に親友だもの」

そうだよね、と訊くと、美月はうなずいた。

「そうよ。永遠の親友。わたしと美雪ちゃんは、ずっと一緒」

公園の地面から見上げる空は、黄昏の色。

一番星がぽつりと灯って、美雪は、そして美月は星を見上げて、たぶん同じことを祈ったのだ。

「——大好きな友達と、ずっと一緒にいられますように」

「子どもの頃って、ほんとに友達のことが大好きでさ、永遠にそばにいたいって思うものなんだよね」

独り暮らしのアパートの部屋で、箱の中で眠っている白猫の頭をなでてやりながら、美雪は呟く。少しだけ苦い笑みを口元に浮かべて。

獣医さんに連れて行ったこの猫は、幸い、そこまでひどい怪我を負っていなかった。たぶん車に軽くはねられたのだろう、ということだった。あたりどころも良かった。お尻をぶつけたくらい。驚いて道路から離れたところまで逃げて、休んでいたのだろう、と。

「運がいい猫ちゃんですね」

そういって先生は笑った。

美雪にとっても、運が良かった。猫の診察代と治療費は、レントゲン代がかかったくらいで、あとは傷口を洗ってもらって、抗生物質の注射を打ってもらって、それに飲み薬と栄養のあるご飯と、と、懐に痛くはあったけれど、覚悟していたほどの金額ではなくて、正直、胸をなで下ろした。

病院で段ボール箱をもらって、猫をそれに入れて、タクシーで部屋に連れて帰ってきた。

猫は、ほっとしたように箱で眠っていて、美雪は同じアパートの猫飼いのひとに相談して、古い猫トイレや食器を譲ってもらい、コンビニに猫砂を買いにいって、猫の看病をする準備を何とか済ませ――夕食の鍋焼きうどんを一気に作ってお腹に詰め込んだあと、炬燵に座り、パソコンを立ち上げた。そして、よーしと気合いを入れて、今夜の仕事に取りかかったのだった。

いま引き受けているのは、子ども用の怖い話の本のコラム欄で、他のライターとの共同作業、日本の妖怪について手分けして調べ、短くまとめて書く仕事だった。

子どもの本は好きだし、調べ物も好きだ。妖怪は——そこまで好きではなかったというか、正直、ほんとにいそうな気がして怖かった。

妖怪だって幽霊だって、子どもの頃から、どこかにいるんじゃないかと信じている方だ。だからそんなものの仕事をするのは、ほんとうは気乗りしなかったし、不気味だったけれど、調べて書いてとしているうちに、興味と愛着がわいてきた。

特に、今夜調べた妖怪のうちの、「人面瘡《じんめんそう》」なるものは——怖さと気持ち悪さが最高もとい最悪だった。なんでもひとのからだに、小さな人間の顔の形に皮膚が傷跡のように浮かび上がり、ひとの言葉を喋ったり、笑ったりするらしい。その口で、ものを食べたりもするそうで、傷口が痛むときは何か食べさせるのが良いとかなんとか。

その正体は不明で諸説あり、妖怪かも知れないし、病気かも知れない、あるいはそもそも、昔のひとびとの妄想かも、という感じらしい。

自分のからだにそういうものが出てくるところを想像したら、さすがに不気味だけれど、夜にひとりで作業していたからだろうか、妙に気分がハイになってきて、

「いいんじゃない、人面瘡、楽しいかも」

なんて気分になってきた。

さっき、鍋焼きうどんのあとに飲んだ風邪薬が効きすぎたのかも知れない。もし、自分のからだに、自分と会話できたり、ものを食べたりする小さな顔が浮かび上がったら、それはそれで楽しいような気がしてきた。

「寂しくないよね、きっと」

ひとりきり夜更かしして仕事をしているようなときも、話し相手になってくれそうだ。

十代の終わりにお母さんを亡くしてから、美雪はひとりきりで生きてきた。奨学金とお母さんが残してくれた貯金で大学に通い、卒業もできたものの、生活費はアルバイトで稼いでいたから、友人と遊ぶ暇も、恋をする余裕もなく、気がつけば三十路。

就職は本に関係する仕事を探して、けれど、美雪には都会の大きな出版社は難しく、編集プロダクションにアルバイトとして入社して、子どもたちのための本を作ったりしていた。それだけでは生活ができないので、会社や取引先のつてを頼って、ライター業もしているのだけれど、そうするといよいよ忙しく、日々、時間だけが飛ぶように過ぎていくのだった。

美雪にはそこまでして叶えたい夢も、光り輝く才能もない。なので、いまはただ好きな仕事を淡々とこなして生きているのだけれど、たまに、寂しくなることもあった。

こつこつと働いて、帰宅して、ひとりきりで食事して、仕事をして。眠って、起きて、アルバイトに行って帰ってきてまた原稿を書く。この繰り返しでこれから先も生きていくのかなあ、と。これからも、淡々と、ひとりぼっちで。

そんな風にふと我に返る深夜に、人面瘡でもいい、そばにいてくれたら、楽しいような気がした。鍋焼きうどんを食べるときとか、分け合って食べれば、ひとりよりもあったまりそうな気がする。美味しいね、なんて話しながら食事できたら。

妖怪でも良いのだ。話し相手がいるなら、ひとりの日々もきっと楽しいに違いない。

「わたしなら、右膝辺りかなあ」

子どもの頃の、大怪我の跡の、いまもひきつれた傷跡。あそこに顔が出て、おしゃべりとかしたら楽しいだろう。

きっと熱のせいもあって、半ば浮かれた気持ちで、そう思った。

そのまま一気に原稿を書きあげて、気がつくともう二時半。ああ丑三つ時だと思った。空腹を感じて、コンビニで買ってきていたおにぎりを口にした。脳を使うからなのか、文章を書く仕事は、驚くほどにお腹が空いてしまう。

箱の中の白猫を見ると、目が覚めているようだった。おにぎりを食べる美雪の口元をじいっと見つめている。お皿に猫の缶詰をあけて、床に置くと、傷をかばうように箱から出てきて、美味しそうに食べてくれた。こちらもお腹が空いていたのか、いい食べっぷりだ。病院から帰ったあとは疲れきったように眠っていたので、これがこの猫のここへ来てから初めてのごはんになる。

「良かった良かった」

出がらしのお茶を自分の湯飲みに入れながら、美雪はため息をついた。ゆるゆるとくつろぎ始めた心がほぐれ、動き出す。

「あの古いジャングルジムのことを思いだしたのって——美月ちゃんのことを思いだしたのって、そういえば、すごい久しぶりだったかも。いったいどれくらいぶりのことだろうねえ？」

懐かしかった。ほろ苦い感じに。ひどく。

闇が深いこの時間になって、部屋がひときわ寒くなってきたからかも知れない。ひとりきりの部屋が寂しかった。食べ終えて、甘えるようにすりよってくれる、猫のぬくもりが嬉しくて、懐かしかった。

「こんな夜、美月ちゃんはどうしてるのかな。まあね、どこかで幸せに、あったかくしてるんだと思うけど」

そうであってほしい、とつい願ってしまう。美雪が願ったりしなくても、きっとあの子はいま、幸せなのだろうと思うけど。

「きっと、そう、家族と笑いあったりしてるよね。この時間だと、あったかい部屋で、ふかふかのお布団で家族と一緒に寝てるかな」

子どもの頃の彼女の暮らしから連想するのか、いまも美月はお金持ちで、きらきらと笑って、豊かに暮らしているような気がする。

「たとえば、ゴージャスなタワマンとかでさ。わたしはそういうの、ネットの動画やTVドラマでしか知らないけど」

地上からずっと遠く。五十階建てとか六十階建てとか、そんな途方もない、高くて広々としたゴージャスなマンションの一室なんて、美月には似合いそうな気がする。大きな窓からは海や綺麗な夜景が見えるようなお洒落な部屋。天井からはシャンデリアが下がって、大きな観葉植物がそこここでつややかな葉っぱを広げていて。広々としたベランダでは、お茶が飲めたりするような。

ここよりも、空や星に近いところで、あの子は暮らしているんじゃないだろうか。

美月が幸せで笑っているのなら、自分はそれでいいかな、と美雪は思い、そっと微笑んだ。いつだって、あの子には幸せでいてほしい。その気持ちは子どもの頃と同じ。少しも変わっていなかった。

『赤毛のアン』のアンとダイアナのような、仲良しの女の子たちは、きっといつだって、どこにだっているものだ。女の子同士、変わらない友情を誓う、そんな気持ちは洋の東西を問わず、変わらないものなのかも知れない。

（美月ちゃんのこと、ほんとに大好きだったな）

子どもだったから、余計に、夾雑物《きょうざつぶつ》のないまっすぐな気持ちで思ったのかも知れないけれど、ジャングルジムから落ちた、あの瞬間は、美月の代わりに死んでもいいと思っていたかも知れない。それくらい、あの頃の美雪は美月が大好きだったし、死んだ猫のことで泣いていた美月が可哀想だったし、小さい頃に死に別れた父と、出会ってすぐに死なれた猫に続けて、美月とまでお別れするのは嫌だったのかも知れない。そう、あのときの美月と同じに。

けれど、いまはもう、美月は美雪のそばにいない。儚《はかな》いくらいに、子ども時代の友情は終わってしまった。

小学校が終わる頃までは、ふたりは変わらず仲良しのままだった。

けれど、中学校から、美月は私立の華やかな学校に進学した。美雪も誘われたけれど、学費が高い学校で、お母さんにはとてもお願いできなかった。それでもふたりは、変わらずに友達同士のつもりだったのだ。

けれど、美雪と美月が中学二年生になった頃、美月のお母さんは再婚した。新しいお父さんと美月はうまくいかなかった。美月は荒れた。習い事を止《や》め、入ったばかりの児童劇団に通うのも止めてしまった。美雪は美月の相談相手になりたかったけれど、その頃にはもう、美月には中学校で派手な友人たちができていた。美月はその子たちに引っ張られるようにして、繁華街で遊ぶようになり、急におとなになっていってしまい、子どものままの美雪とは、話が合わなくなっていった。

ある日、美月一家は、美月のお母さんの実家を出て、遠くの町へ引っ越していってしまった。

そのあと何回か、手紙や年賀状のやりとりをした。でもそれっきり、いつの間にか、縁が切れてしまった。まだSNSが普及する前のことだ。

だから美雪は、その後の美月を知らない。どんなおとなになったのかも、子どもの頃の夢が叶ったのかどうかも。いま、どこでどう暮らしているのかも、知らない。

ただ幸せでいてほしい、とそれだけ願った。

あの子の方では、いま、美雪のことをどう思っているか知らないし、そもそも、美雪のことなんて、忘れてしまっているかも知れないと思うけれど。

美月はみんなの人気者だったけれど、美雪は地味で影が薄い、美月のそばにいただけの、ただの幼なじみだったのだから。

傷ついた白猫は、満足そうに青い目を細め、くちくなったお腹を抱えるようにして、段ボール箱に戻ろうとしていた。箱の中にはさっき古いハーフケットを敷いてあげたので、ベッドに良いと気に入ってくれたのかも知れない。

「ああ、ちょっと待って」

美雪は猫を呼び止め、なんとか猫に薬を飲ませた。遅い時間になったけれど、食後の薬を飲ませなければ。タオルで巻いて、口を開けて、と、薬の飲ませ方はさっき獣医さんで教わっていたけれど、難しかった。あとでネットで調べてみようかな、と、ため息をつく。

「動画サイトやSNSにヒントになることがあるんじゃないかな」

インターネットの世界では、親切なひとたちが無私の優しさで知識を分け与えてくれているものだ。きっと猫の薬の飲ませ方も、どこかにあるに違いない。

薬を飲まされたことに若干ふてくされた猫が、箱の中で丸くなり、目を閉じる様子を見ているうちに、ふと、子どものときに助けられなかった猫のことを思いだし、この子は生きていて良かった、と、胸が熱くなった。

この子はたぶん、死なないだろう。あんな寒いところに置いて帰らなくて良かった。

「──連れて帰ってきて、良かった」

猫のために、そして自分のために、良かったと思った。

そしてふと、たとえばこの猫のことを、いまの美月に話すことができれば素敵なのにな、と思った。あの子は喜んでくれるだろう。おとなになったいまだって、きっと。

記憶の中の親友の顔は、遠い昔に別れたままの、美雪と似た顔立ちの、笑顔の女の子だ。

「いまはもう、似てないんだろうなあ」

その後、成長した美雪は、いささか間延びした感じの、ぼんやりとした顔のおとなになってしまった。

ひとは子どもとおとなで顔が変わるという。子どものときに似ていたふたりも、きっといまは、違う顔になっているに違いない。

「いまの美月ちゃんに会ってみたいなあ」

あの子はいまも、美人な気がする。


お茶を飲みながら読み直すと、妖怪のコラムは、なかなか良い感じで書き上がっているようだ。

美雪はよしよしとひとりうなずくと、洟をかんだ。

「──うう、息苦しいな」

人間、どんなに苦しかろうと、風邪の鼻詰まりじゃ死なないよね、と思いつつ、美雪は自分の現状の情けなさにため息をついた。

「熱、上がってきたかな」

手の甲でふれると、額が熱い。ちょうど風邪薬の効果が切れた頃なのだろう。早く布団に入って寝た方が良さそうだ。ぞくぞく、ぞくぞく、と、波のように寒気が押し寄せてくる。

「今日、バイトが休みの日で良かった。ゆっくり部屋で寝ていよう」

ノートパソコンの電源を切り、のろのろと立ち上がって、箱の中の猫の様子を見る。

白猫は、ハーフケットの上で丸くなって、すやすやと眠っているようだった。お腹がゆっくりと動いていた。

「――わたしが、助けるからね」

背中にかばうように、猫一匹、助けてやろうと心に誓う。

たぶん、野良猫一匹なんて、生きていても助からなくても、世界の趨勢《すうせい》には関係ないことなのだ。そもそも、この猫の存在自体、世界中の――日本中の誰も気づかず、知りもしない。死んでしまっても、無事に生きながらえても、どうでもいいことなのかも知れない。

けれど、美雪はこの猫と出会い、知ってしまったから。腕に抱え、そのぬくもりを知り、病院に連れて行き、この部屋に迎え入れたのだから。

「きっと助けて、一緒に、生きていくさ」

この猫だけじゃないよな、と美雪は洟を啜る。美雪自身だって、自分のことを、この広い世界の中で、替えのない、価値のある人間だとは思っていない。客観的にいって、野良猫と同じ、生きていたって死んだって、世界の趨勢にはまず関係がない。誰も、美雪のことを知らず、美雪が風邪を引いて鼻詰まりがひどくても——運悪く死んでしまったりしても、気づかないし、まあたぶん、どうでもいいことで。

美雪は肩をすくめる。

「まあでも、考えてみれば、わたし自身だって、世界中のいろんなひとすべての存在や、命の価値を知ってます、大事に思ってます、なんていいきれるのかな」

そう考えると、まるで自信がない。

アパートの小さな窓にかかるカーテンを閉めながら——それさえ忘れるほど、必死の勢いで原稿を書いていたのだ——ふと思った。この窓の外の空には、無数の星々が光を灯す。それこそ無限に星が輝く宇宙が広がっていると美雪は知っているのだけれど、実際には、街の明かりに消されて、その光のほとんどが見えはしない。

同じように、この世界に生きている大部分のひとたちの命も、きっと、ほとんどがそこにないのと同じ、暗い星と同じなのかも知れないな、と思う。

その存在を意識されないまま、夜空に浮かぶ小さくて暗い星。それと同じ人生。そしていつの間にか、それぞれの生涯を終えて、消えていってしまう。最初から、この宇宙にいたのもいなかったのも同じだったように、ただ消えていってしまう。

「――あ、そうだ」

美雪は寝る前に、布団の中から、枕元のスマートフォンに手を伸ばした。

猫の薬の飲ませ方を、ざっとチェックしておかねば。こういう知識は、検索エンジンを使うよりも、SNSの中で検索した方が、よほど血の通った詳しい情報が手に入るのだ。「猫」+「投薬」辺りで検索してみよう。

冷えた暗い部屋の中に、ぽわりと画面が放つ明かりが灯った。――うん、思った通りに、たくさんの情報がある。猫に薬を飲ませようとして試行錯誤した記録が、いろんなひとの手によって綴られていた。動画を撮っているひともいる。獣医さんの投稿もある。長文で書かれたブログにリンクを張った投稿も――。

助かった幸せな猫たちの記録もあるけれど、投薬を健闘したものの、その後亡くなってしまった、との飼い主の言葉が綴られた、古い日付の投稿もある。それきり途絶えている投稿の画面を美雪はしばし、言葉もなく見つめた。

「起きてから、きちんと読み直そう」

さすがにもう、疲れで目が閉じてしまいそうだった。鼻詰まりのせいで集中もできない。とりあえず、情報がある、ということを確認できただけでもよかった。

ついでに、自分のアカウントへの返信がないか、のろのろと確認した。美雪は本名でアカウントを持っていて、たまに仕事関係の告知や、読んだ本や食べたものの記録などをアップしたりしている。元々、ライター業の連絡用や情報収集のために作ったアカウントだったけれど、始めてみるとそれなりに人間関係もできてきたりして、ネット空間のほどよい他者との距離の取り方が面白かったりもして、気がつけばわりと長いこと、投稿を続けていた。フォロー数もフォロワー数も三桁、メジャーなアカウントだというわけではない。熱心にフォロワーを増やそうともしていない。ネット空間の片隅で、それなりに長く、こつこつと投稿を続けている、どこにでもいるようなユーザーのひとりだ。ここで出会って友人になった何人かとは、オフでも会うし、お茶や食事にも行き、たまに仕事につながる縁とも出会うことがあるけれど。

ああ、仲が良いアカウントさんたちが何やら話しかけてくれている。新しくフォローしてくれているひともいるな、挨拶くらいしたいなあ、と思いつつ、ぼーっとした頭では、お洒落な返答のひとつも思いつかなかった。

そうだ、さっき作った鍋焼きうどんの写真を上げよう、とそれだけ考える。いつもの習慣で撮っておいてよかった。あれは我ながらよくできたんだ。添える言葉は——。

『ゆうべは鍋焼きうどん、作りました。実は風邪引いて、鼻が詰まって呼吸が苦しくてあったまりたくって。なんか熱もありそうで。妖怪がらみの仕事をしてた、祟りかも知れない。人面瘡について調べたりしてました。知ってます、人面瘡？　肘とか膝とかにできて、ご飯食べたりしゃべったりするんですって。なんか可愛いなって。ひとりで寝てるの寂しいから、人面瘡、お見舞いに来てくれたら良いな。そしたらご飯くらい出すのに。鍋焼きうどんの材料、まだあるし』

まとまらない頭で、とりとめもなくそこまで書いて、あ、仕事の話をここで書くのはまずいな、とぼんやり考えたときには、いつもの習慣で、投稿のボタンを押していた。

「あああ」

削除して投稿し直すだけの気力がない。

「いいや。どうせ、たいしたアカウントでもないし、誰も気にしないと思おう。すぐに流れて行くに決まってる」

自分にいいきかせ、ため息をつきながら、ふと、思いだした。——美月が妖怪を好きだったな、なんてことを。あの子は美雪と違って、学校の怪談とか七不思議とか、そういう怖い話が大好きで、やたら詳しかったのだ。

(顔が似てて、誕生日が一緒で、名前も似ていても)

その辺は違ってたよね、と苦笑する。

さっきの投稿に、いいねやリプライがつき始めた。ああ、やばい。美雪は慌てて、

『盛り塩でもして、寝ちゃいます。脳が普通に戻ったら、リプしに戻ってきます~』

追加で投稿したあと、ああそうだった、と、思いだし、

『実は猫を拾いました。怪我した猫です。獣医さんには診ていただいて、大丈夫みたいで、いま部屋ですやすやと眠ってますが、投薬がすごく大変で。猫飼いの先輩方、猫初心者のわたしに色々教えてやってくださいませんか?』

投稿を付け加えると、今度こそ、アプリを終了し、洟を啜って、スマホを枕元に置いた。

目を閉じて、さあ眠ろうと思ったとき——。

「――『どこかの星のプリンセス』さんの更新、そろそろ来てるんじゃないかな」

いつもチェックする動画の配信者のことを思いだして、目が開いた。スマホを手に、YouTubeを確認する。

「あ、来てた来てた」

更新の時間からして、アップしてからそう経っていない。夜の早い時間に更新することが多い彼女にしては、ずいぶん遅い時間だな、と思った。

穏やかなピアノ曲とともに、ウェーブのかかった、長く茶色の髪の女性の姿が映る。顔は映らない。彼女の動画では、いつも胸元から下や、手元足下、うしろ姿しか映らないのだ。スタイルが良いせいか、よく手入れされた髪が美しいからか、立ち居振る舞いが綺麗だからか、美人なのではないか、ときっと誰もが想像する、おそらくはそんな配信者だった。Vlogの画面に流れるサブタイトルによると、今日は、『黄昏時に紅茶を楽しむ』話らしい。

どんなきっかけがあったものか、いつからだったか見始めて、それから癖になった、いまや日常の一部のような動画だった。あまたあるVlogの配信者の中では、たぶん比較的新顔で、けっしてメジャーというわけではなく、けれど人気がないわけではない。だけど焦らずマイペース。そんなスタンスの配信者だった。

最初のうちは、なんというタイトル、なんという配信者名の動画だろう、と引いたこともあるのだけれど、じきに慣れた。

(『どこかの星』に『プリンセス』だもんなあ)

映像自体は落ち着いた、美しいものだった。今日のそれもまた、美しかった。

夕暮れ時に、内装の美しい広々とした部屋で、彼女がゆっくり紅茶を淹れる様子が映る。部屋に射し込む日がセピアがかって美しい。つややかな銅のやかんでお湯を沸かす。白い指先が、新しく買った、海外の紅茶専門店の茶葉の袋をこちらに見せ、開く。骨董品《こっとうひん》らしき器《うつわ》に綺麗な色の紅茶が注がれて、魔法のように白い湯気が立つ。美味しそうなクッキーをさらさらとガラスの器に載せる。以前の回の動画で焼いていた、手作りのレモンクッキーだ。まぶされたグラニュー糖がきらきらと光る。

登場するお菓子や料理がいつもお洒落でかつ手作りで、調理の手際も良いので、見ているとそれだけで楽しくなる。美雪も料理はするけれど、元が子どもの頃に忙しい家族を助けるために覚えた料理なので、時短料理や材料費をなるべく安く上げるレシピがメイン。『プリンセス』が作る、手間暇と材料費をかけた芸術品のようなレシピの数々は、夢の中のレシピのようだった。画面の中がきらめくような、それこそお姫様が作るようなものばかりだったのだ。

このクッキーは、オーブントースターでも焼ける簡単なクッキー、という話だったので、概要欄にあったレシピ通りに作って、美雪も焼いてみた。すりおろして入れるレモンの皮の風味がさわやかな美味しいクッキーで、コメント欄に感想を書こうとして、でも、自分ごときが書き込むのはいけないことのような気がして遠慮してしまった。自分のＳＮＳの方では、写真付きで、このレシピ、最高だった、とつぶやいたけれど。

さて、美雪はファッションには詳しくないけれど、動画の彼女がセンスがいい服を着ているのはなんとなくわかる。実際、以前コメントで誰かが書いていたけれど、通称『プリンセス』さんが身にまとっている服は、いつもブランドものの、良いお値段の洋服ばかりらしい。たまに外出するときの服も、お部屋着も寝衣も。

（思うに、それをさりげなく着こなしていて、似合ってるところが素敵なんだよね）

洟を啜りながら、美雪はうっとりと目を細め、画面の中の美しい黄昏を見つめる。

何を着ても似合うほどに、ウエストが細いのもうらやましい。美雪はつい自分の、ボンレスハムのようなお腹を思い浮かべ、同じ人類とは思えない、とため息をつく。——あれくらいボディラインが綺麗なら、生きているだけで楽しいんじゃないのかな。

そのせいもあってか何なのか、動画の中の彼女はいつも、ほっこりと楽しそう——というよりも、幸せそうに見えた。

『プリンセス』さんは、画面にその顔を映すことはない。その声が流れることもない。淡々と日常の様子を撮影しつつ、その動画に合わせて、詩のような言葉が画面に流れてゆくだけだ。あとはときどき簡単な挨拶や一言二言のコメントが動画の概要欄やコメント欄に添えてあるだけ。そしてこれは、美雪にもわかることなのだけれど、彼女の使う言葉はとてもセンスが良かった。画面に流れる言葉の一言一言がさりげなく素敵で、魅了された。

そう。いつだって、彼女の動画は幸せそうだった。彼女ひとりしか登場しない動画なのに、さみしげに見えることもない。都会に生きる、美しいひとりの妖精の日々の暮らしの記録のように、いつも画面に光が射していた。

（どんなひとなのかなあ）

明かされていない顔や姿を詮索する気持ちはないけれど、どこでどんな風に暮らしているひとなのか、つい考えてしまうことはある。

テキストの言葉の使い方や、雰囲気からして、同世代の独身の女性なのかな、と思ったりもする。けれど、投稿時間と動画の内容からして、働いてはいないようだ。それでも、うらやましいことに生活費には困っていないようで、その辺りも浮き世離れした妖精のようで、日々、ゆったりと暮らし、過ごしている謎のひとなのだった。

（たぶん、それこそ、タワマンの高層階とかに住んでいるんだろうなあ）

窓の向こうの景色が映ることはほぼないけれど、過去にちらりと映ったそれからして、相当の高層階に見えた、というコメントは読んだことがある。彼女はそれに何の返信もしていなかったけれど。

彼女の動画のファンの間では、「実家が太い」とか、「株の配当がある」「実はお金持ちの配偶者や恋人がいるのかも」などと、その境遇が推理されていて、美雪自身も、まあそういうこともあるのかな、とぼんやりと考えてはいる。いずれにせよ、本人が明かさないことはあえて知りたがらず、知らずにいたかった。

それでも、本が好きなひとなのかな、とそれだけは、わかるような気がしていた。

彼女の家には本棚こそないけれど、テーブルの上やベッドサイド、枕元にはいつも本が何冊か積んである。装飾として置かれているのかも、と思うこともあるけれど、たまに本が入れ替わっているので、それだけでもなさそうだ。

Ｖｌｏｇの配信者は、日々の記録の中で、読書するシーンを入れることがある。料理をしながらできるまでの間、本の頁をめくるとか、今日は寒いし天気が悪いから、部屋で読書の日にしました、とか。活字が好きな配信者も多そうだけれど、時に知的なイメージを演出するため、小道具みたいな使い方をしているな、と思うこともある。

彼女の場合もたまに動画の中で本を手に取るのだけれど、ひいき目で見ているのか、ちゃんと読んでいるというか、ほんとうに活字が好きな、仲間のように見えることがある。

それと、積んである本の中に、たまに児童書が交じっていて、それがちょうど美雪が子どもの頃に流行っていた本だったりするので――それもあって、同じ世代なのかな、と思ったところもある――やはり親近感を覚えてしまう。だって美雪もまた、いまだに子どもの本が好きだから。好きが高じて、いまは作る側に回ったけれど。

あれはいつのことだったか、積まれた本の中に、子ども向けの妖怪の事典が交じっているのを見つけたときは、懐かしさもあって笑ってしまったけれど。それはやはり美雪が子どもの頃に学校の図書館で人気があった本で、美雪は怖くて読めなかったけれど、怖い話が大好きな美月が夢中になっていたのだった。お化け話や怪談が、とにかく大好きだった美月は、暗唱ができるくらいにその事典を読みふけり、ついには、お小遣いで買っていたのだ。

ふと思った。あのときも、たしかちらりと思ったことを。

（美月ちゃんが、おとなになっていたら、こんな感じのひとになっているのかなあ）

霧囲気が綺麗で、上品で。あの子もお母さんから習った、素敵なケーキやクッキーを焼くのが得意だった。――読書は得意じゃなかったけど、お化けの本は好きだったし。

見知らぬ配信者に親しみを覚え、彼女の動画のファンになったのは、もしかしたらそんな理由もあったからかも知れない。

そんなことをふと、思ったのは、たぶん、今日の動画の概要欄に、『プリンセス』さんが綴っていた言葉のせいだ。

『最近、寒いですね。わたしもちょっと風邪を引いたみたいです。子どもの頃、とても仲の良い友達がいて、風邪を引くときにはいつも一緒に引いていたな、なんて思いだしました。いつも一緒だったから、うつしあっていただけかも知れないんですが、子どもの頃は、魔法みたいな、親友の証みたいな気持ちになっていたのを思いだします。』

なんて、いつもより少し長めのコメントを書いていたのを読んで、そういえばわたしと美月もそうだったなあ、と、子ども時代の思い出を振り返ったからかも知れない。今夜は妙に、美月のことを思いだすなあ、と思いながら。

そうだ。あの頃は、よく一緒に風邪を引いて寝込んでいた。水疱瘡《みずぼうそう》もおたふく風邪も、一緒にかかって、それぞれの家で寝込んでいたなあ、なんて。

（もしかしたら、美月ちゃんも今夜、風邪を引いて寝込んでいたりして）

鼻が詰まって苦しんでいたりしたら、可哀想だな、と思いながら、美雪はふと微笑んだのだった。どこか知らない街にいる美月と、同じ空の下でつながっているような気がして。

『ねえ』

誰かの声がした。

『ねえ、起きてよ』

ベッドの足下の方——というか、布団の中から、誰かの声がする。

美雪はぎょっとして身を起こした。

枕元の電気スタンドの明かりをつける。掛け布団をなかば蹴飛ばすようにして、床に落とす。——誰もいない。

美雪はベッドの上で膝を抱き寄せ、身を丸くした。

「——いるはず、ないよね」

熱が高くなったのか、目眩でくらくらする。壁の時計を見ると、まだ五時。空気が寒い。長く寝たような気がしたけれど、そうでもなかったらしい。独り暮らしの暗い部屋で、こんな時間に謎の声が聞こえるなんて、そんなホラー小説みたいな展開、勘弁してくれ、と思った。

気がつくと枕元に置いていたスマートフォンから、静かなピアノ曲が流れていた。いつも見ているあの『プリンセス』の動画が連続で再生されていたらしい。

「音楽をひとの声と聞き間違えたのかな……」

静かに流れるＢＧＭのピアノの音で、心がほんの少し落ち着いた。

額に手を当てて、この熱のせいで悪夢を見たのかな、と思った。

そう、悪夢だと思ったのだけれど、三度《みたび》、声が聞こえた。

『よかった。呼んでも呼んでも起きないから、本気で心配したんだから』

声は、寝間着にしている部屋着のワンピースからのぞく、その膝の辺りから聞こえていた。もっというと、右の膝に、こちらを向いた小さな顔ができていて、その顔が喋っていた。

膝を抱えていたので、まともに目が合った。

『こんばんは。ていうか、おはよう？　かな。風邪の具合はいかが？　お見舞いに来たわよ』


人間、あまりにも驚くと冷静になるものだと美雪は知った。とりあえず、自分の膝に突如として顔が生えたとき、人間は意外とパニックを起こさないものだと知った。

「ええと——もしかして、人面瘡さん？」

美雪は低い声で、自分の膝にある顔に話しかけた。

『はあい』

小さな顔はニコニコと笑う。

美雪は、深いため息をつき、天井を仰いだ後、うなだれてしみじみと自分の膝を見た。ああ、夢だ。これはもう確実に夢の中の出来事だ、と思う。わたしはいま、夢を見ているのだ。

それにしても、これは一体どういう悪夢なのだろう。おそろしくリアルな、よくできた人間の顔が膝にあるって。これは一体どういう悪夢なのだろう。——顔立ちとしては、美雪に似ているような気がした。ミニチュアみたいな。ちゃんと目がある。小さな口には歯もはえている。

その、怖いというよりどこか可愛らしくも見える、人形のような顔が、あたかもよくできた特撮映画の一場面のように、表情豊かに、美雪に語りかける。

『美雪ちゃん、お見舞いに来てほしいってＳＮＳに書いてたから、来ちゃいました。――ていうか、お見舞いに行きたいな、って思ったら、人面瘡になってここにいた感じ。人間、願えば何でも叶うものね。びっくりだわ』

悪落ち着きに落ち着いて、呆《あき》れつつ、美雪は訊ねる。

「人間、っていうか、あなた妖怪でしょ？　というか、なんであなたわたしの名前知ってるの？　いやいやその前に、なんで妖怪がＳＮＳなんて見てるのよ？」

『妖怪だけど、人間だもの』

人面瘡は、けろりと答える。『わたしさ、人間なんだけど、なぜだか、いまは妖怪なのよ。たぶん、いまわたしが夢を見ているからだわ。夢の中の会話よね、これ』

「――？？？」

ちょっと待て、と美雪は思う。この悪夢は美雪の夢で、この膝小僧の妖怪変化《へんげ》は、美雪の夢の中の登場人物――もとい妖怪のはずで。

けれど、人面瘡は、笑顔で言葉を続ける。

『あなたが風邪を引いて、人面瘡でいい、お見舞いに来てほしいって書いてるのを読んだとき、ちょうどわたしも風邪引いて具合悪かったから、思ったのよね。可哀想に。ひとりで寝込むのは辛いわよね。ああわたしで良ければ、お見舞いに行くのに。なんなら、人面瘡になったっていいのに、って。空のお星様に久しぶりに祈ったわ。

そしたら、叶っちゃった。さすが、夢っていうか、まさかこのわたしが妖怪人面瘡になって、ひとさまの膝に張りつく日が来るなんて思ってなかったけど』

「――いやあの、これはわたしが見てる夢だと思うんだけど」

『え？』

人面瘡はきょとんとした。『何いってるのよ。これはわたしの夢よ。でないと、こんなへんてこな願い事が叶ったりするはずないし、そもそも、人間が妖怪になるわけがないでしょう？』

それをいうなら、自分の膝に妖怪が生える方がよほどリアリティがないだろうと美雪は思う。熱が加速度的に上がって、煮えそうにぐらぐらする脳でも、それくらいの理屈はわかる気がした。

けれど、いいかえそうとしたそのとき、膝小僧の小さな顔が、優しく微笑んだ。

『わたしの夢よ。でなきゃ、こんな風に久しぶりに、子どもの頃の親友と話せたりしないもの。ほんとうには、美雪ちゃんはわたしのことなんか忘れちゃってる。こんな風に図々《ずうずう》しく、深夜にお見舞いになんて来れないもの』

「えっと、あのう――」

美雪の心臓が早鐘を打つ。もしかして、という思いが、たどたどしい質問になる。

「あなたは、そのう、わたしの子どもの頃の親友だと、主張したりとかするわけですか？」

『ええ。そりゃもうはっきりと』

「もしかして、そのう、人面瘡になって膝に生えてるあなたは、美月ちゃんだったり？」

子どもの頃の親友で、妖怪になって喜ぶような女の子は、他に思い当たらなかった。

人面瘡になってもいい、お見舞いに行きたいと空の星に祈ってくれるような友達なんて、彼女以外にいないと思った。

膝の小さな顔が、ふと楽しげに笑った。

枕元に置いたままの美雪のスマートフォンの画面を見つめて。流れ続けるピアノ曲に耳を澄ますようにしながら。

『やっぱり、わたしの動画、見ててくれてたんだ。そうだよね。嬉しいなあ。ＳＮＳでレモンのクッキーのこと、美味しかったって書いてくれてたものね。あれ、嬉しかったのよ。焼いてみてくれたんだって』

「ええと？　あれ？　ということは……？」

人面瘡が、ふと、得意気に笑う。

『やっぱり、気づいてなかったんだ。そうじゃないかと思ってた。「どこかの星のプリンセス」はわたし。美月ちゃんですよ。でもって、ＳＮＳであなたのアカウントをフォローしてる、フォロワーの中のひとり。鍵付きにしてるし、名前も美月じゃないけどね。美雪ちゃんここにいるかもって思って検索したら見つかったから、懐かしくてフォローしちゃってたの。こちらから話しかけたこと、なかったけどね』

「どうして?」

人面瘡はいたずらっぽく笑った。

『話しかけて、あなたなんて知らない、っていわれたらショックじゃん。美雪ちゃん、わたしのことなんか、覚えてないだろうって思ってたから』

「なんで?」

『小学生の頃に友達だっただけの人間のこと、普通は覚えてないんじゃないかなと思って』

「そんなことないよ」

美雪は、自分の膝に向かって声を上げた。

うるさかったのか、隣の部屋の住人が、どん、と壁を叩いた。

美雪は自分の口元と、人面瘡の口元を押さえ、息を整えてから、改めていった。

「――わたしはね、わたしは美月ちゃんのことを覚えていたし、ずっとずっと、会いたいと思ってたよ。忘れるはずないじゃん。忘れないよ。いろんなこと話したかったよ。えっと、たとえば――猫、拾ったなんてこと。交通事故に遭った猫。ほら、そこに」

床に置いた段ボールを指さした。「子どもの頃、その、助けられなかったことあるじゃん。今度はちゃんと助けられたよって、そんな話、したいって思ってたところだよ」

『マジ? ほんと? そういえば猫拾ったって書いてたっけ。ねえ、その猫、見せて』

美雪は床に降りて、猫の入った段ボールのそばにしゃがみ込んだ。膝にいる妖怪が見やすいように、膝を猫に近づけた。

何かに気づいたように、猫が目を開き、顔をもたげた。この家に来たときよりも、よほど元気な表情で、美雪と美雪の膝にある小さな顔に、穏やかなまなざしを向けた。

そして、そっと、あたたかな前足を膝に伸ばし、人面瘡の顔をなでるようにした。

『わあ、優しいね。可愛いね。昔のあの子みたいだね……』

妖怪の小さな顔の、その声が泣きそうに潤んだ。

『こんな嬉しい夢を見られるなんて、ほんとに今夜は幸せだわ』

しみじみと、人面瘡はいう。

「ええと、違うよ、美月ちゃん。やっぱりこれはわたしの夢だよ。まるで小説みたいな、ずいぶん凝った展開で、まるで夢みたいじゃないけどさ」

美雪は苦笑して自分の膝に答える。

膝にいる妖怪は、唇をとがらせ、

『違うわよ、わたしの夢だもん』

と、譲らない。

そういわれると、美雪は何だかどうでも良くなってきて、笑えてきてしまった。子どもの頃の、美月との喧嘩もこんな感じだったな、と思って。大喧嘩はしたことがなかったけれど、こんな風にどうでも良いことで、美月がすねたり、軽くいい争ったりしたことはあった。

(でも、仲良しだったから)

そのうちどうでもよくなって、忘れてしまい、元通りになっていたものだ。

（うん。まあ、今回もどうでもいいや）

これが美雪と美月のどちらの夢でもかまわない。そんなのどうだっていい。美月と久しぶりにこうして話せたのだから。助けた猫を見せることもできたのだから。

膝小僧の妖怪がふと、いった。

『まあ、ここは美雪ちゃんの夢だってことにしてあげても良いわ。楽しい夢なんだもの、どっちが見てたって良いじゃない。

その代わりといってはなんだけど、わたし、鍋焼きうどんが食べたいな』

「えっ？」

『お見舞いに来たら、ご馳走するって、投稿に書いてなかったっけ？』

「書いてたかも」

『お腹空いちゃって死にそう。ねえ、早く』

膝小僧にある顔の目は、わりと真剣に空腹そうに見えた。あのコラムを書くために調べたとき知ったように、人面瘡という妖怪は、ものを食べたくなったり、お腹が空いたりするような存在なのかも知れない。

「そうだね、約束だし、なんかわたしもまた食べたくなっちゃったから、作ろうか」

病気のときは、栄養をとった方が良いのだろうし、あたたかいものが欲しくもあった。ここで熱々の夜食をとり、――というよりもうこの時間だと早めの朝食になるのかも――体温を上げて、ぐっすり寝るのもいいかも知れない。

アパートの古く小さな台所で、美雪は慣れた手順で、鍋焼きうどんを作った。子どもの頃から、働く母親を支えて料理を担当していたので、こういうメニューはお手の物だ。冷凍のうどんをレンジで解凍しつつ、土鍋に出汁《だし》の素でスープを作り、そこにうどんを入れ、これも冷凍のほうれん草と油揚をレンジであたためつつ、スープの中でうどんを泳がせ、卵を落とし、仕上げに刻んだ葱《ねぎ》を載せて――。

『うわあ、良い匂い』

膝で人面瘡がうっとりとした表情になる。『久しぶりだなあ、こういうの』

「美月ちゃん、お料理得意なんだから、いつでも作れるでしょう?」

それこそ、美雪のように出汁の素や冷凍食品なんて使わずに、かつお節から丁寧に出汁を取ったりして。あの綺麗で明るい、広々としたキッチンで。

『こういうのはたぶん、誰かに作ってもらったり、誰かと食べるのが美味しいのよ』

自分の膝についている小さな顔に、熱々のうどんを食べさせるのがどれほど大変なことか、経験してみないとわからないだろう、と、その日、美雪は思った。

それでもなんとかかんとか、美雪は膝の人面瘡にうどんを食べさせ、彼女は美味しいと喜んでくれ、驚くべきことにちゃんと一人前の分を平らげ、美雪もまた、その夜二回目の鍋焼きうどんを、美味しく食べ終わったのだった。

腹がくちくなったところで、食後の玄米茶などを飲みつつ、（つまりは美雪に飲ませてもらいつつ）美月がふと、いった。

『三年前、何気なく買った宝くじが当たったのよ』と。『それで中古のマンションを買ってね。素敵な家具をそろえちゃってさ。それでもまだお金が余ったから、これが尽きるまで、働くのやめよう、遊んじゃおうって決めたの。ちょっとね、生きるのに疲れてたのよね。この辺でお休みとるのも良いかな、とか思ったの。人生の夏休み、みたいな』

美月は、美雪の前からいなくなったあと、『普通に暮らして普通に大学生になって』『卒業をきっかけに家を出て、都会で普通に就職した』のだそうだ。あとはそれなりにひとを好きになったり、好きになられたりして、でも結婚するのは違うな、とか思ううちに、ひとりきりの暮らしにも慣れて、

『このまま家賃を払いながら、ひとりでおばあちゃんになって、死んでいくのかなあ、と思ったのね。こんな風に終わるのがわたしの人生なのかな、と思うと、つまんないなあって思えてしまって。ちょうど、会社の人間関係もあまり良くなかったし、疲れることも続いていてね。わたしの人生、こんなものかな、って侘《わび》しくなってたのよ、あの頃は。そのタイミングで、宝くじが当たったたわけ』

美雪はつい、口にする。

「美月ちゃん、子どもの頃の夢を叶えて、芸能界のひとになるのかな、と思ってた」

人面瘡は首を横に振ろうとして、無理だったらしく（美雪は膝の皮膚がひきつれて痛かった）、仕方なさそうに美雪を見上げた。

『美雪ちゃんは昔から、そんな風にいってくれてたものね。わたしもまあ、夢見てたんだけどさ。でもね、わたしなんて、全然だめよ。だめだった。そんな器じゃなかったの。子どもの頃は頑張ればスーパースターになれるような気がしていたんだけどね。中学生の頃、児童劇団に入った段階で、あ、だめだ、って悟っちゃったの。上には上がいる。才能そのものにもレベルがあるのね。空に光る星の明るさにも色々あるみたいに、一等星のひとたちってやっぱりいるのよね。で、多少はきらきらしていても、わたしみたいな三等星が頑張ったって、追いつけないのよ。輝きが足りない。

だから、夢なんて、ずっと昔に諦めたわ』

児童劇団も、結局はそれで辞めたんだもの、と、美月は独り言のようにいった。

『年月が経って、いい年になって。普通の人間として生きようって諦めて、つまんないなあって思いながらもこつこつと暮らしていたところに、宝くじが当たったたの。で、弾《はじ》けちゃったっていうか、ちょっと、普通でないことをしてみたくなったっていうのかな。ほらわたし、美雪ちゃんと違って、昔っから慎重な質《たち》じゃないし。綺麗なマンション買っちゃった』

てへ、と人面瘡は笑う。『でもさあ、働かないのも、それはそれで飽きるのね。いくら部屋が綺麗でも、一日中そこにいるのも飽きてきてさ。で、たまたま、ほんとうにたまたまね、流行の動画でも撮ってみるかと思ったの。――まあ結局は、人前に出るのが好きなのね。で流行のＶｌｏｇに挑戦してみたって訳。始めてみたら楽しかったから、今日に至るんだけど。目立ちたがり屋の性格は、変わらなかったってことなんでしょうね。部屋もなかなか素敵だし、見せびらかしたい気持ちも多少あったかな。なんて。独り暮らしが寂しくもあったのかなあ。誰かにわたしの声、聞いてほしかったのかも』

世界にたくさんあるような、なんてことのない動画なんだけどね、と、膝小僧の彼女は笑う。どこか自分を卑下するように。

「美月ちゃん、わたし、あの番組大好きだよ。いつも更新を楽しみにしてるもの」

『そう？』

「そうだよ。わたしみたいに楽しみにしてるひと、いっぱいいるじゃん。登録者数、すごく多いしさ、高評価の数だって多いじゃん」

『そっか。そういえば、そうだよね』

少し照れたように、小さな顔は答える。『わたしみたいな人間、世界のどこにでもいるありふれた存在でさ、生きてても死んでても同じよね、とか考えたりしてたんだけど——何だったら、ある日死んじゃったりして、世界から消えてもいいのかな、って、ときどき思ってたんだけど、実はそうでもなかったのかな』

「同じってことは絶対にないよ」

もしかして、膝小僧の彼女がいうように、美月には才能がないのだとしても。スーパースターには手が届かない、三等星の輝きの才能しか持っていないのだとしても。

美雪には、美月は永遠のスターだと思えた。いまも昔も変わらず、きっと未来までずっと。

「ねえ、美月ちゃん、きっと空にはいろんな明るさのお星様がきらめいててさ。それと同じように、地上にはいろんなひとがいるんだよ。派手にぎらぎら光るひとも、ちょっと光が足りてなくて、闇に沈みそうにちかちか光ってるひとも。でもさ、どんな星だって空にあってもいいんじゃないのかな。だってわたし、美月ちゃんのことずっと大好きで、幸せに生きていてほしいって思うもの。わたし自身もさ、この地上の片隅で、地味に光りながら、明るい星空を見上げて生きていけたらなって思うもの」

綺麗な、かっこいい、ヒーローのような生き方はできなくても。歴史に残るような、スーパースターになれなくても。

そっとひとの心に明かりを灯すような、毎日のささやかな楽しみになるような、動画を作れたらいいんじゃないかな、と美雪は思う。作家になって、すごい名著をものにできなくても、子どもたちがひととき夢中になる妖怪の本を作る、その力になれたら、それもいいことじゃないかな。意味がないことだなんて、思えない。

(宇宙には、いっぱいに星が輝いていて)

ぎっしりと、光がそこにはまたたいていて。

その中のひとつひとつの輝きのように、世界にはいくつもの魂と心があるのだと思う。数え切れないほどの星の光が、ひっそりとまたたいているのだと思う。

(小さくたって、綺麗に光るんだ)

きらきらと。

それぞれの生涯をかけて。

だって、小さくても、星は星なのだから。

『わたし、やっぱり、美雪ちゃんが大好きだわ』

ふふ、と、人面瘡が笑う。少しだけ照れくさそうに。『子どもの時からいつもそう。物事を深く考えて、大切なことを考えて教えてくれるもの。星の図鑑で読んだ、北極星みたい。空のてっぺんできらきら光って、旅の道標《みちしるべ》になってくれる大切なお友達なの』

へへっと美雪は笑う。美月の言葉の、そのたとえがかっこよくて嬉しくて。胸が熱くなって。

「北極星、空の高いところで動かない、目印みたいな星だものね。わたしも大好き」

二等星だけど大切な星なのだ。あの星があるから他の星が探せる。不動の星。

『空でひとつの大切な星だもの。迷い子にならないように見守ってくれる星』

人面瘡は静かにいった。『あのね、わたしね、美雪ちゃんと別れた後、美雪ちゃんみたいになりたくて、本を読むようになったの。そしたら漢字の読み方も覚えたし、作文も書けるようになってさ。飽きずに本を最後まで読めるようになって、いまじゃ、すごい厚い本も読めるようになったんだから』

小さな子どものように、得意そうに人面瘡は笑う。そして付け加えた。

『本って、面白いね。文章を考えるのも、楽しいね』

そう伝えたかったのだと、いった。

台所の床に座ったまま、眠っていたらしい。小さな窓から降りそそぐ、朝の日差しで目覚めたとき、からだがこわばっていて、ああ、しまった、と美雪は思った。きっとからだが冷えてしまっている、熱が上がる、と思ったのだけれど、気がつくと、あの猫が箱から出て、美雪に寄り添い、くっついて眠っていた。

そのあたたかさが心地よかった。まるで猫が吸い取ってくれたかのように、熱は下がり、からだは楽になっていた。

右の膝にはもう、古傷が残るばかり。おしゃべりな人面瘡の顔はそこにない。

「——いなくなっちゃったのかな」

それとも、すべてが夢だったのか。

流しには、ふたり分の鍋焼きうどんを作った後の土鍋があるけれど。

「あ、そうか、そう少ししたら、猫ちゃんにごはん食べさせて、朝のお薬あげないと」

スマートフォンを手にして、薬のあげ方のヒントを再確認しようとした。

すると——美雪が投稿した、風邪を引いたという内容の文章に、たくさんのリプライがついていた。心配する言葉、風邪に良いような薬や食べ物、飲み物を伝えようとする言葉。心のこもった、優しいお見舞いの言葉がいくつも連なっていた。

猫について書いた投稿には、猫を飼っているひとびとが、あれやこれやと知恵を授けてくれつつ、あたかも手ぐすねを引くようにして、なんでも聞いてほしい、と待ち構えてくれていた。

「どんな猫なの？」「猫ちゃんの写真を見せて」という声もいくつもある。拡散もされている。

そして、言葉はなくとも、たくさんのひとびとが、美雪の言葉に「いいね」をつけてくれていた。あなたの言葉を見ましたよ、応援していますよ、と画面でささやく、優しく密《ひそ》やかな、応援の赤いハート。

「あったかいなあ」

少しだけ目尻に涙を浮かべて、美雪は笑う。

「――わたし、この世界にいても良いんだな」

大げさかも知れないな、なんて自分の心に少しだけつっこみを入れつつ、朝の光の中でそう思った。生きていても、良いんだな、と。

身をかがめ、猫の頭をなでてやりながら、

「猫だってさ、生きていても良いんだよ」

そういって、猫と目と目を合わせて、笑った。

その日の夜、Ｖｌｏｇ『どこかの星のプリンセス』では、「鍋焼きうどんに挑戦」というタイトルで、美しい姿の彼女が、光の差すキッチンで、ピアノ曲に乗って、華麗に鍋焼きうどんを作っていた。

『友達の家で、鍋焼きうどんをご馳走になる夢を見て、それがとても美味しかったので、目が覚めたら、作ってみたくなりました。』――そんなテロップが、画面に流れる。

やがてできあがった、美味しそうなうどんが入ったお洒落な土鍋を、彼女は舶来もののミトンで居間へと運び、素敵なトリベットに載せた。

『それなりに美味しくはできましたが、やはりこういったものは、ご馳走になったり、誰かと一緒に食べた方が美味しいようです。』

そんなテロップが流れた。

『夢の中の彼女の家には猫がいて、かわいい猫を見ながらいただくうどんは、余計に美味しかったような気もします。

あの猫、なでてみたかったな。なでずに帰ってきてしまいました。』

美雪は、くすっと笑う。

「――鍋焼きうどんくらい、夢の中じゃなくても、いつでも食べに来てください。猫もきっと、プリンセスさんに会いたい、なでてほしい、って思ってます」

心に浮かんだそのままを、コメント欄に書いた。

まるで待っていたかのように、コメントに、彼女からの赤いハートがついた。

小さな明かりが灯ったように。

あとがき

いまこのあとがきを書き始めたのは、九月三日の夜明け頃です。

仕事部屋の窓から、朝の色に塗り変わろうとする暗い空を眺めながら、さて、何を書こうかな、と、思案しています。ちょうど他社の他の仕事の原稿と、このあとがきの〆切りが重なってしまい、徹夜でパソコンの前で過ごした後の、この時間です。

BGM代わりのNHKラジオのアナウンサーたちの声が爽やかです。——とか書いていると、空の色がだいぶ、朝の色に変わってきました。鴉が一羽、鳴きながら空を飛んで行きました。

わたしは時折、長い長い宇宙の時間の中で、この時代に生まれ合わせたことに不思議を感じます。そして、広い広いこの宇宙の、銀河系の端っこの、太陽系第三惑星に生まれたことの幸運を感じます。その星の、日本に昭和の時代に生まれ、平成、令和の時代を生きたことを——心痛む幾多の出来事を見聞き知ったことには哀しみを覚えますが——興味深いという意味で、面白い時代に生まれ合わせたものだ、と思います。

他の時代に生まれ合わせれば、それはそれでその時代に愛着を持ち、好きになったろうと思いますが、いまこの時代を生きるわたしは、自分が生きたこの時代が性に合っていて、この時代の人間のひとりとして生きられて良かった、と思っています。

社会にいろいろと大きな変革と変化があり、技術が大きく進み、地球が一気に狭くなったこのタイミングに生まれ合わせることが出来て良かったです。欲をいうと、恒星間飛行が実現したくらいの時代に生きてみたかった気もするのですが、それもいつかの未来には可能になっているかも、と思える時代に生きられただけでも、まあ良かったかな、と思います。贅沢をいうと、きっとキリが無くなってしまう。世界平和が実現した未来、というのも見てみたかったですけどね。でも地球人類の現在の文明が不幸にして滅亡した未来の到来、というのもあり得るので、まあこの辺りまでで未来に思いを馳せているのが幸せなのかも知れません。――いや、はるかな未来に、わたしの本が残って、過去の古典として平和に読み継がれている、幸せな時代が訪れていると良いなあ、と願っていますけれど。

さて、わたしは物語を考え、作品にまとめることが何より好きで、作家という職業は天職だと思っていますけれど、いまのこの時代に生まれ合わせなかったら、作家になっていなかったかも知れません。作家でない自分というのも、ちょっと想像が難しいのですが。

そしてわたしは、わたしの書くものが好きで、いつも新刊を楽しみに待っていてくださるひとたちのことが大好きで、いつも心の底から感謝しています。この一冊がわたしとの出会いで、面白そうと思って手に取ってくださったあなたにも、もちろん感謝しています。面白く読んでくださいますように。もしかして、相性が悪かったら、ごめんなさい。まあ人生、そんな日もありますよね、うん。

長い宇宙の歴史の中の、広い宇宙の同じ惑星に、こうして同じ時代に生まれ、わたしの考えるお話に耳を傾けてくださる、同じ時代に生きるあなたが、幸せであるように祈ります。今日も明日も、もう少し先の未来も幸運が訪れますように。もしかして、今日、ちょっと不運なことがあったり、泣きたいことがあったとしても、明日やその先には、楽しいことや幸せなことがたくさんありますよう。

わたしも、そしてあなたも、数十年後にはもうこの世界にいない可能性があります。わたしなんか、健康に恵まれたとしても、ほんの十年先には七十代です。そして、百年後にはたぶん、あなたも確実にここにはいない。

でもこの瞬間には、わたしもあなたも、この世界にいて、生きています。あなたには、きっと大好きなひとがいて、楽しみにしていることや、大切にしていることがあって、叶えたい夢や欲しいものがあったり、あるいは——ひとりぼっちだったり、ただただいろんなことに疲れていたり、悲しかったりして、でも泣きたい思いをこらえて、必死に生きて、働いたり、学校に行ったりしているのかも。

もしかして、世界中のひとから見れば、誰にも目を留めてもらえないような、たくさんのひとびとの中のひとりかもしれない。だけど、わたしたちは同じ時代にこの惑星に生まれ合わせた仲間だと思うとき、わたしは、そのことが、それだけでとても美しい、きらきらしたものだなあ、と思ったりするのです。

生きて、考えて、感じて、願い、祈りつつ、未来に生きてゆくこと——その繰り返しを、昼と夜の繰り返しとともに、それぞれの生命の終わりの時まで続けてゆく。この同じ星の上で。たくさんのみんながそうしている。

わたしなんか、もういい年のおばちゃんなものだから、ふと、世界中に生きるみんなが愛しくなったりします。綺麗事じゃなく。素直に。みんな、一生懸命生きているんだよね、って。いま、同じこの惑星の上で。

いやおばちゃん、もう還暦過ぎちゃいましたから。孫がいてもおかしくない年だし、からだもあちこち傷んできてるし、いつか先にさよならしますからね、だから残してゆく世界のことが気がかりだったりもする訳です。

幸せであってほしいと思います。世界に平和が訪れて、わたしやいまの時代の人類がまだ到達できない宇宙の遠くまで、いつか辿り着いてほしいなあ、と祈り、夢を見ます。


今回の物語は、まあ何かそういう、世界のあちこちで朝と夜とを繰り返しつつ、生きている仲間たちの物語というか——どこにでもいるような、普通のひとびとのお話です。普通のひとたちが、幸せになってゆく、優しい魔法の物語です。

この世の中、とても良いひとなのに幸運に恵まれないまま続いて終わる人生もあったりするので、せめて物語の中でくらい、優しいひとは、ささやかだったり派手だったり、幸せな奇跡に遭遇してほしいなあ、と思いまして。そんなお話を五つ、書いてみました。

(あとわたし、子どもの頃から、O・ヘンリーがたいそう好きでして、物語の中の、ひとや街に向ける視線の優しさや、洒落た雰囲気、読後感の良さや、物語としての面白さ、などなど。その影響を感じさせる要素も濃いかな、と、自分では思いました。あとは浅田次郎に井上ひさしやブラッドベリ、アンデルセンに宮沢賢治、とか、好きな作家の作品の要素がちらほらうかがえる気がします。昭和の時代の漫画の影響も。そんなこんなで書いていてとても楽しい物語でした。あるお話の中で、子どもの頃大好きだった児童文学のタイトルを並べて書いていったのも楽しかったなあ)

窓の向こうの空に、日が昇ってきました。

あの太陽にも寿命があると思うと、世界には永遠なものは何もないのだなあ、としみじみと思います。

けれど同時に、いまこうして綴っている言葉も、これを読んでくださっているあなたの記憶も、どこかに永遠に残るもののように思えたりもするのです。

目には見えず、誰にも気付かれない、そんなささやかな傷のような、宇宙の記憶に変わっていくとしても、たしかにこの時代、地球という星にわたしたちが存在していたという事実は、消えることはないと思うのです。

今回の本に、マジックアワーの光溢れる絵をくださった、三上唯さん。いままでのわたしの本と同じに、素晴らしく仕上げてくださった、デザイナーの岡本歌織さん（next door design）、ありがとうございました。
　校正と校閲は、鷗来堂さん。今回も心強かったです。さすがでした。印刷と製本の大日本印刷さん、美しい本をありがとうございました。
　そして実業之日本社担当編集者の篠原康子さん。長く伴走をありがとうございました。連載を始める前、各話に猫を登場させてほしい、というリクエストをいただいたとき、毎回猫を出すのってくどくないかしら、とか思ったのですが、書いてみるととても楽しかったので、やっぱり猫を出して良かったですね。猫という生き物には、魔法や奇跡、そして優しさがしっくりくるのかも知れません。

　長く暑い夏も、さすがにそろそろ終わってくれると良いんだけど、と思いつつ、今日もまばゆい快晴の空の下に広がる朝の街を、仕事部屋の窓から、目を細めて見下ろしつつ。

二〇二四年九月三日

村山早紀

【初出】

「星降る街で」《前編》Webジェイ・ノベル　二〇二二年十二月十三日配信
《後編》Webジェイ・ノベル　二〇二三年一月二十四日配信
「時を駆けるチイコ」《前編》Webジェイ・ノベル　二〇二三年二月二十八日配信
《後編》Webジェイ・ノベル　二〇二三年四月十一日配信
「閏年の橋」《前編》Webジェイ・ノベル　二〇二三年五月三十日配信
《後編》Webジェイ・ノベル　二〇二三年六月二十七日配信
「その夏の風と光」《前編》Webジェイ・ノベル　二〇二三年九月二十六日配信
《後編》Webジェイ・ノベル　二〇二三年十二月五日配信
「一番星の双子」《前編》Webジェイ・ノベル　二〇二四年三月十二日配信
《後編》Webジェイ・ノベル　二〇二四年五月二十一日配信

単行本化にあたり加筆修正を行いました。

本作品はフィクションです。実在の個人、組織、団体とは一切関係ありません。（編集部）

［著者略歴］ 村山早紀（むらやま・さき）
1963 年長崎県生まれ。学生時代から新人賞への投稿を続け、卒業後、デビュー。1991 年第 15 回毎日童話新人賞最優秀賞受賞。刊行された同作『ちいさいえりちゃん』にて、1994 年第 4 回椋鳩十児童文学賞を受賞。2017 年『桜風堂ものがたり』、2018 年『百貨の魔法』にて、本屋大賞にノミネート。他著書に『シェーラ姫の冒険』『魔女たちは眠りを守る』『風の港』『不思議カフェ NEKOMIMI』『さやかに星はきらめき』、シリーズに「コンビニたそがれ堂」「竜宮ホテル」「花咲家の人々」「かなりや荘浪漫」など。児童文学から大人向けのファンタジーまで多くの作品を手がける。

街《まち》角《かど》ファンタジア

2024 年 11 月 10 日　初版第 1 刷発行

著　者　村山早紀
発行者　岩野裕一
発行所　株式会社実業之日本社
〒107-0062　東京都港区南青山6-6-22　emergence 2
電話（編集）03-6809-0473　（販売）03-6809-0495
https://www.j-n.co.jp/
小社のプライバシー・ポリシーは上記ホームページをご覧ください。
D T P　ラッシュ
印刷所　大日本印刷株式会社
製本所　大日本印刷株式会社

ISBN978-4-408-53863-1（第二文芸）